酒の友 めしの友

安倍夜郎

Yaro Abe Presents
Sake no Tomo
Meshi no Tomo

JN154172

実業之日本社文庫

実業之日本社

目次

酒の友 めしの友

帯イラスト／安倍夜郎
本文デザイン／加藤一来
撮影協力／新宿ゴールデン街　花園5番街「レカン」
編集／山田隆幸

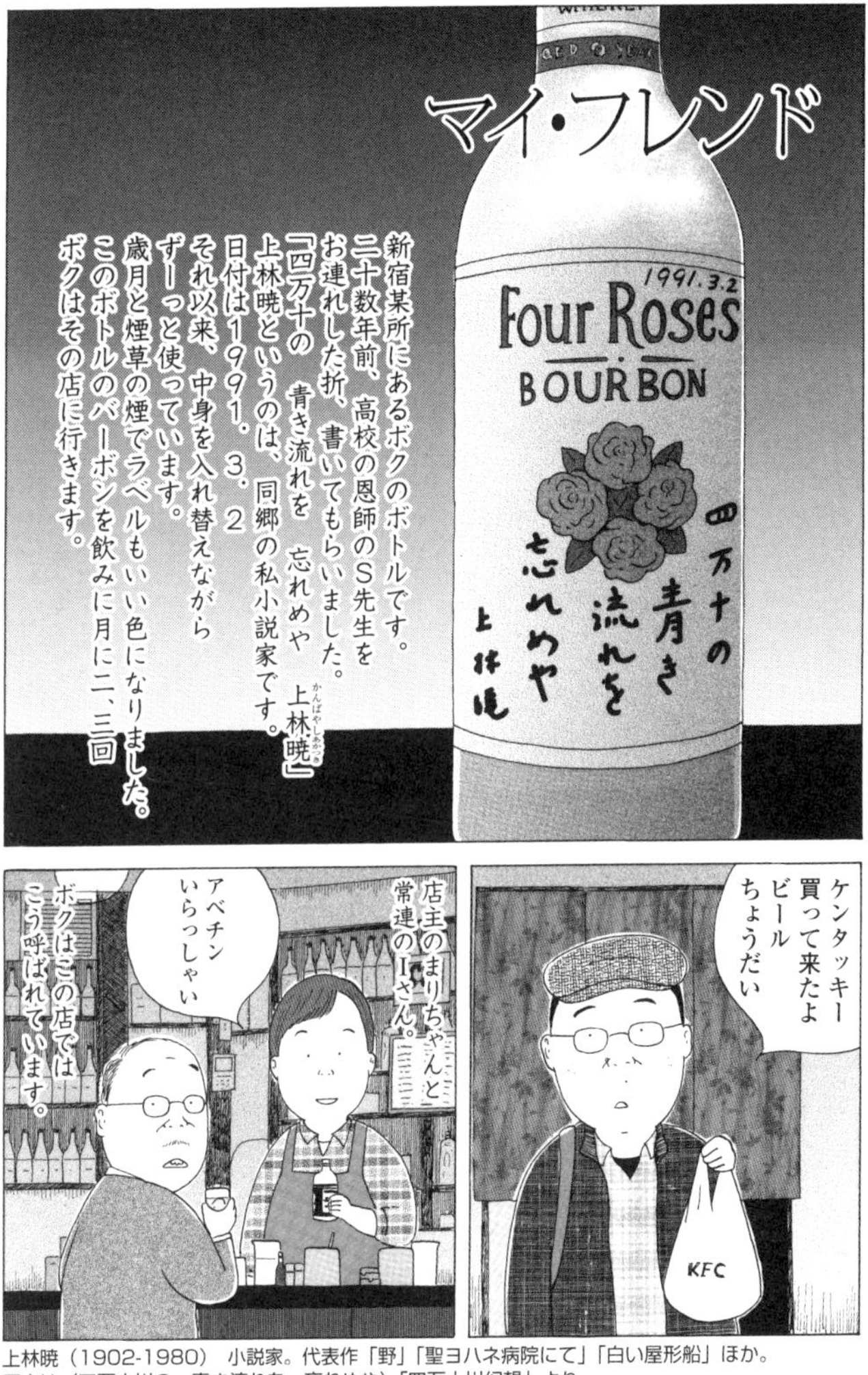
マイ・フレンド
新宿某所にあるボクのボトルです。
二十数年前、高校の恩師のS先生を
お連れした折、書いてもらいました。
「四万十の　青き流れを　忘れめや　上林暁《かんばやしあかつき》」
上林暁というのは、同郷の私小説家です。
日付は1991．3．2
それ以来、中身を入れ替えながら
ずーっと使っています。
歳月と煙草の煙でラベルもいい色になりました。
このボトルのバーボンを飲みに月に二、三回
ボクはその店に行きます。
1991.3.2
Four Roses
BOURBON
四万十の青き流れを忘れめや
上林暁
ケンタッキー買って来たよ ビールちょうだい
KFC
店主のまりちゃんと常連のIさん。
アベチン いらっしゃい
ボクはこの店ではこう呼ばれています。

上林暁（1902-1980）　小説家。代表作「野」「聖ヨハネ病院にて」「白い屋形船」ほか。
原文は〈四万十川の　青き流れを　忘れめや〉「四万十川幻想」より

この店に持ち込む時は
店主のまりちゃんにも
同じもの、もしくはそれ以上の
物を献上しなければ
なりません。
Iさんにもおすそ分け。
Iさんは
拙作「深夜食堂」にも
偶《たま》に出てもらっています。
しーん
ここはいつも静かでいいねえ
やめてよ先週の土曜は満パイだったんだから

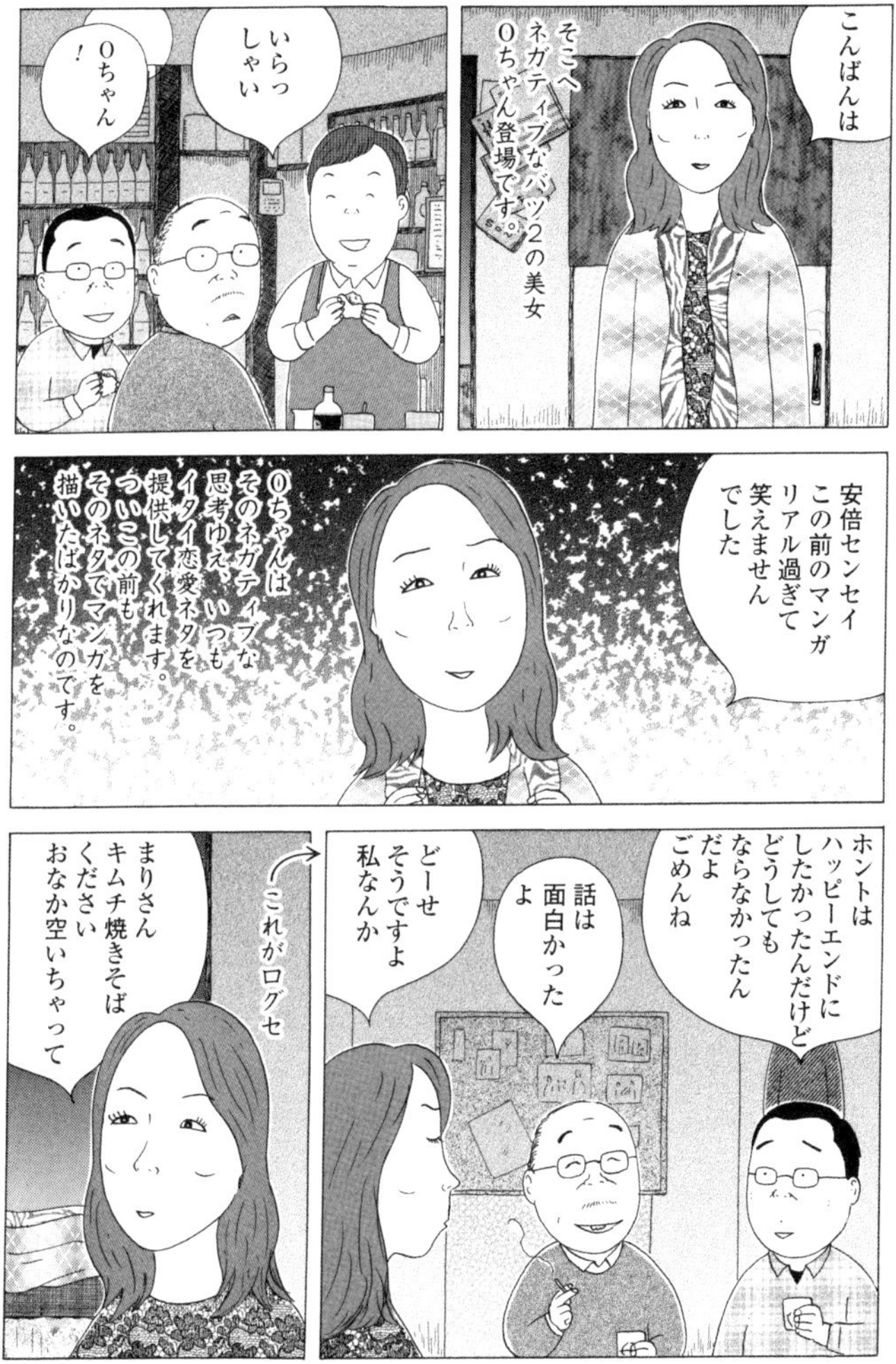

こんばんは
そこへネガティブなバツ2の美女Oちゃん登場です。
いらっしゃい
Oちゃん!
安倍センセイこの前のマンガリアル過ぎて笑えませんでした
Oちゃんはそのネガティブな思考ゆえ、いつもイタイ恋愛ネタを提供してくれます。ついこの前もそのネタでマンガを描いたばかりなのです。
ホントはハッピーエンドにしたかったんだけどどうしてもならなかったんだよごめんね
話は面白かったよ
どーせそうですよ私なんか
これがログセ
まりさんキムチ焼きそばくださいおなか空いちゃって

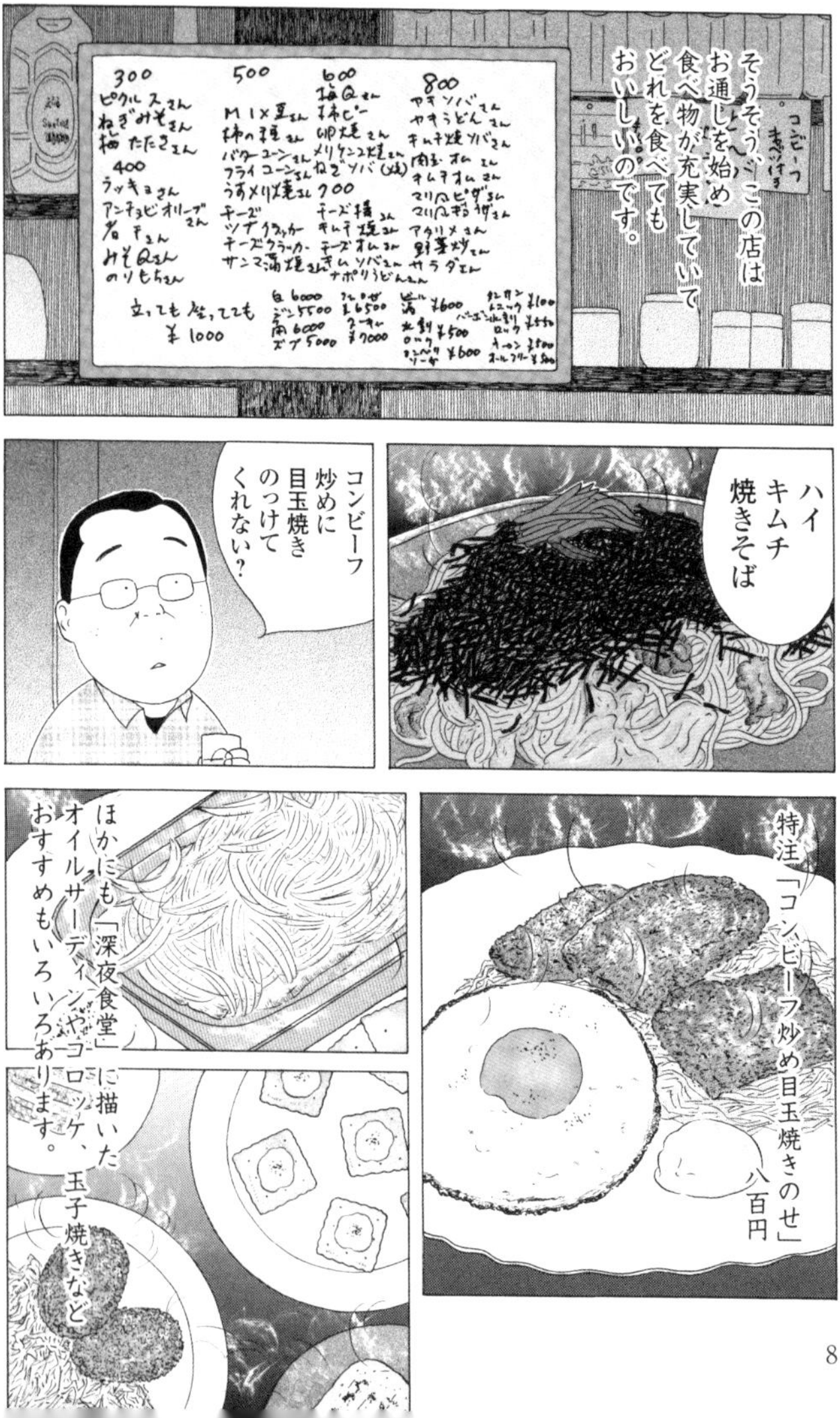
そうそう、この店は
お通しを始め
食べ物が充実していて
どれを食べても
おいしいのです。
ハイ
キムチ
焼きそば
コンビーフ
炒めに
目玉焼き
のっけて
くれない？
特注「コンビーフ炒め目玉焼きのせ」
八百円
ほかにも「深夜食堂」に描いた
オイルサーディンやコロッケ、玉子焼きなど
おすすめもいろいろあります。

でも、Iさんほか古くからの常連さんは飲むばかりで、ほとんどつまみは注文しません。
ボトルを入れておけばお通し付きのチャージだけで四時間以上飲んでしゃべって一人、千円なんてこともあります。
だから店主のまりちゃんはいつも貧乏で、宝くじの当たる日を夢見ています。
こんばんは
会社社長のUさん
遅くなりまして
編集者のYさん
ちわーっス
デザイナーのSさん
こんな濃い人たちを見てマンガに描かない手はありません。
当然既に「深夜食堂」に出演済み。
Sさんなんかホントはモデルじゃないのに太ったせいでマンガのキャラに似て来た人もいます。

四人だけど
入れる？
入れるよ！
あ
Tさん！
お久し
ぶりです
よっアベちゃん
ハグ
ハグ
この髪の毛の不自由なTさんも
出演済みです。
詰めれば
座れましたが
席を譲って
出て来ました。
この辺りの店では
よくあることです。
どうですか
もう一軒
へへ
いいですね
ボクにとって
酒の友とは――
いらっしゃい
いい店、いい客、いいつまみ、
それからお客さんたちの
取って置きのお話。
それが、ボクのめしの友、
いや、めしのタネになるのです。

マイ・フレンド／おわり

マイ・フレンド　酒の友めしの友

酒の友
めしの友

Yaro Abe
Presents
Sake no
Tomo
Meshi no
Tomo

キビナゴのフライ

朝の残りのしじみのみそ汁を温めないで、そのまま冷や飯の上からかけて食べるのが好きだ。

あったかいごはんに、しらす干しをたっぷりのせて、しょう油をかけてお茶漬けにして食べるのも大好きだ。

夜中、魚肉ソーセージにちょっとずつマヨネーズをつけて食べながらビールを飲むのもいい。カップ焼きそばでビールもいい。ああ、それからケンタッキーフライドチキンを買って、冷めないうちにその場でかぶりつきながらキンキンに冷えたビールを一気に飲みたいと思うときもある。

そんなボクだから、「食」について大したこと書けるわけがない。もっとも、拙作「深夜食堂」（「ビッグコミックオリジナル」連載中）に出てくる料理を見てもらえば、ボクがグルメじゃないことは一目瞭然だと思うが……。

盆と正月、年に二度帰省する。

ボクの故郷は高知県の西の端の方にある中村（現・四万十市）というところで、近頃妙に有名になった四万十川の下流にある町である。山も海も川もあるから食材は豊富な土地だと言えるかもしれない。

帰省した当座は、母も気合を入れて料理を作るので食卓にはごちそうが並ぶ。しかし、日を追うごとに品数は減ってゆく（ボクは会社に勤めてるわけじゃないから、居ようと思えばいつまでも居られるのです）。

そして、ついに母が言う。

「何が食べたい？」

「ほいたら、キビナゴのフライがええ」

と、ボクは答える。

キビナゴの食べ方は刺身に塩焼き、天ぷら、フライ。地域によっては、細切りにした大根と一緒にすき焼きにして食べる。

値段も安く地元では普通に食べられているキビナゴだが、東京では余りお目にかからない。以前、安い居酒屋で〝キビナゴのフリッター〟なるものがあり、食べたがひどい代物だった。刺身は鹿児島の名物ということで、薩摩料理の店に行くと季節には食べられるようだが。

ボクのおすすめは、キビナゴのフライ。これが一番好きだ。ほっこりとして食感も軽く、わかさぎのような苦みもない。あとは冷えたビールがあればいい。

作り方は、キビナゴを下処理もなにもせずにちょっと塩をふって、丸のままパン粉をつけてフライの要領で揚げる。それを揚げたそばからアツアツのうちに食べる。そして、ビールを飲む。ただそれだけ。もちろん焼酎でも日本酒でもワインでもいい。レモンがあれば搾ればいいし、ちょっと目先を変えたければ、マヨネーズとケチャップを交ぜたソースにつけるといい。

料理のコツは唯ひとつ。新鮮なキビナゴを用意すること。キビナゴはあしの早い魚なのである。

二〇一一年春、「深夜食堂」に宿毛《すくも》湾でとれたキビナゴのフライを描いた。掲載誌が出て数日後、編集部宛に地元すくも湾漁協からキビナゴが二箱クール便で届いたという連絡が入った。その時、ボクは締め切りを週明けに控え原稿を描いてたが、取るものも取り合えず編集部に向った。

一箱と三分の一は編集部で分けてもらい、残り三分の二のキビナゴの入った発泡スチロールの箱を持って、中央線沿線の行きつけの居酒屋を回ってキビナゴを配った。配るといっても、そこは飲み屋のこと。一杯やりながら、宿毛のキビナ

キビナゴのフライ（手前）　塩焼き（奥）

ゴを宣伝し、調理法を講釈し、口開けでほかに客がいないことをいいことにその場で揚げて食べてもらった（当然、ボクも食べました）。

やっぱ、うまいねえ。旬のキビナゴは！

なんたって産地直送、新鮮だもの。それに揚げたて、言うことなし。店の人にも大好評だった。

と、まあどれだけ力説しようが、これぱっかりは食べてもらわないとホントのうまさはわからない。

四月五月がキビナゴの旬。

どうでしょう、すくも湾漁協からお取り寄せしてみては。

《すくも湾漁業協同組合　流通加工課》

ＴＥＬ　０８８０―62―１１７１

ホームページ　http://www.sukumobay.com/　（レシピも掲載）

冷凍キビナゴ（一袋＝約１０００ｇ）で１０００円（送料別）。基本的に1年中注文できますが、必ず在庫を確認して下さい。

渡川の幸

渡川《わたりがわ》という川がある。

高知県中村、ボクの実家から歩いて十分くらいのところを流れている。

ここに架っている通称「赤鉄橋」と呼ばれる全長五百メートル程の橋を、子供の頃、毎朝走っていた。それは体が弱く、年中風邪ばかりひいていたボクに、父が命じたことだった。ずーっと走ってるわけじゃない。走ったり歩いたり道草したり、それでも雨の日以外は毎日走った。おかげでボクは元気になった。

夏の朝、鉄橋の歩道には、夜、鉄橋の灯りに集った虫がどっさり落ちていた。それを拾い集めるだけで夏休みの昆虫採集の標本が出来上った。

高校受験のとき、落ちたかもしれないという不安でたまらなくなって、夕方、長い河原を歩いて石を投げ続けたのも、この川だった。

この辺りは普段それほど川幅は広くないが、ひとたび大雨が降ると両岸の堤防いっぱいいっぱいに濁流が流れる。台風が来ると怖いもの見たさでよく川を見に行ったものだ。

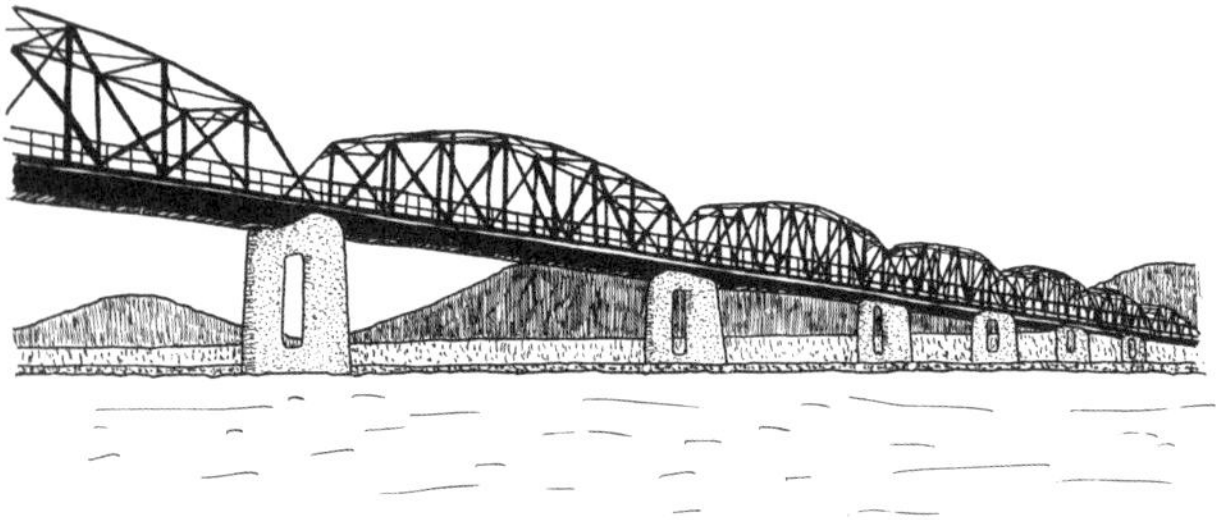

水が引いたあと、河原の窪みの水溜りに魚がいっぱい取り残されているのを見たことがある。今ならすぐさま家に取って返しバケツで掬《すく》うところだが、まるで気が利かず頭の回らないボクは、この水溜りが干上ったら死んでしまうであろう魚たちを、ただオロオロと見ているだけだった。

渡川では鮎も捕れるし鰻も捕れる。ヤマトテナガエビという珍しい品種の川エビも捕れる。

冬から春にかけて、河口では天然のスジアオノリが採れる。

天日で干した青のりを炙ってもんで、あったかいごはんの上にかけると、なんともいい香りがする。そこ

に味の素をちょっとふって醤油をかけて食べる。これが旨い。いや旨過ぎる。味がいい上に、鼻から抜ける青のりの香りがたまらないんだ。

我が家では、朝、これに青さのみそ汁が付いた。アオサノリも渡川河口の汽水域で養殖されていて、これまた味も香りも一級品だ。掬っても掬ってもまだあるくらいたっぷり入った青さのみそ汁をすすりつつ、青のりごはんを食べる。それは至福のときだった、と今にして思う。

二〇一一年三月、東北地方を襲った大地震によって、渡川河口のアオサノリは壊滅的な被害を受けた。津波は四国の西の端の方にあるこの川にも押し寄せたのである。

春の渡川の名物といえばゴリである。
ゴリはハゼ科の魚でヨシノボリというのが正式な名前らしい。主に佃煮にして食べるが、小さなゴリの一匹一匹から渡川の香りがして、おかずに良しツマミに良しである。
このゴリを使ったすまし汁こそ、ウソかホントか知らないが、戦後、昭和天皇が巡幸で中村に来られた折、食され旨いとか珍しいとかおっしゃったという地元自慢の一品なのである。
小学生の頃、ある朝、ボクはガス台に置かれた鍋のフタを取ってびっくりした。鍋の中を小さな魚が何匹も泳いでいるのである。

「お母さん、これどうするが」

と尋ねると、母は当り前のようにこのまま煮てすまし汁を作ると言う。

「かわいそうなけん、やめて。逃がしちゃって」

ボクと妹は涙ながらに訴えたが、あえなく却下され、すまし汁になってしまった。そのゴリのすまし汁をすすりながら父が言ったのが、先の昭和天皇の話だった。

ゴリのすまし汁の作り方。

用意する材料は生きたゴリと丸干し大根に豆腐と卵。

あらかじめ刻んで湯がいた丸干し大根と生きたゴリを水をはった鍋に入れフタをして火にかける。落語の「小言念仏」でどじょう汁を作るシーンと同じで、残酷といえば残酷な調理法だ。

ゴリから出汁が出たころを見計らって、醤油とみりんで味をつけ豆腐を入れる。最後にとき卵を流し込んで出来上りだ。

かつて逃がしてくれと泣いて頼んだ時は箸も付けなかったが、大人になってから食べると旨いんだな、これが。ゴリから実にいい出汁が出て……。

渡川で捕れた魚やノリからは、渡川の香りがする。それはボクにとって子供の頃から親しんだ故郷《ふるさと》の香りだ。

以前、修善寺の旅館で鮎の塩焼きを食べたとき、確かに味は鮎なんだが何か違う感じがした。香りが違うのだ。やっぱりボクの舌には渡川の鮎が一番旨い。

そんな渡川だが、近年どうも元気がなくなっているように思う。

水量は減り、あんなに豊富にあった河原の砂利も少なくなってうす汚れてしまった。鮎の香りも薄くなった。夏の朝、赤鉄橋に行っても歩道に虫はほとんどいない。それでも年々観光客は増えているという。テレビ番組で頻繁に取り上げられ、知名度が上ったせいだろう。変に有名になり、現実より美化して伝えられる故郷の川が、ボクにはなんとなく気の毒に思えて仕方ない。


わが故郷の川、渡川。またの名を四万十川という。

カツオのタタキ

長い柄の先に焼き網の付いた一見熊手のような道具がある。

これはタタキを作るとき藁《わら》でカツオを焼く用の網で、そのためだけにある道具である。我が家にもこれがあった（実際、これを使って焼いてるのを見たのは数回しかないが）。

土佐は年がら年中、カツオを食べてるようなところで、土佐のおきゃく（宴会）にはタタキがなけりゃ始まらない。

三枚におろしたカツオを背と腹に切り分ける。背の方をおん節、腹の方をめん節という。これを先ほどの焼き網にのせ藁の火で焼く。藁で焼くのは火力が強く、カツオの風味を引き立てるためらしい。

これを氷水につけて一気に冷やし、厚めに切って、薬味の青ネギ、タマネギ、ニンニクをたっぷりのせタレをかけてタタく。

タタキの作り方や食べ方は県内でも地域によって異なり、室戸の方では焼く前に半分凍らせるやり方があるらしい。こうしておくと焼いても中心部は冷たく、氷水に漬けて冷やす必要がない。カツオの旨い脂を逃がさない方法だそうだ。

また、漫画「土佐の一本釣り」（青柳裕介著）の舞台、土佐久礼《とさくれ》では氷水に漬けず、焼きたての熱々のタタキを食べるそうである（なんでボクがこんなに詳しいかというと、地元高知県中村のビストロ「金次郎」のマスターに電話で聞いたのです。山岡さん、ありがとう）。

最近の観光ガイドやグルメガイドを見ると、タタキはカツオが見えるように盛りつけ薬味を軽くあしらったような写真を多く見かけるが、元々はカツオが見えないほど青ネギやタマネギ、ニンニクをたっぷりのせ、季節によっては大葉やミョウガ、山椒の葉を散らすのが土佐の流儀だ。

「薬味が多過ぎるとカツオ本来の味が……」なんてグルメぶった文句なんか知ったこっちゃあない。宴会の中頃、カツオは全部食べちまった皿鉢《さわち》に残ったタレのかかった薬味のネギやタマネギを箸でチビチビつまみながら、ひたすら飲み且つ語るのが土佐の酔いたんぼの正しいやり方なのである。

と、ここまで偉そうに書いてきたが、実はボク、タタキが嫌いという訳じゃないがそれほど好きという訳でもなく、ほんの二切れか三切れ食べれば充分という男なのです。

というのも、酢の物があんまり好きじゃない。どうもあの酸味がね。拙作「深

夜食堂」に酢の物が出てこないのは、ひとえにこのためなのですよ。

この頃、地元でも流行っているのは塩でタタいた塩タタキ。古くからある食べ方らしいが、鮮度が勝負で、漁師とか一部でしか食べられなかったものが流通がよくなったお蔭で食べられるようになった。これもうまい。でもボクはやっぱり二切れか三切れでいいかな。カツオに限らず魚は生より焼くか煮るか、しっかり火の通ったものの方がボクは好きなのである。

土佐料理の店に行くと必ず頼むのが《はらんぼの塩焼き》である。

はらんぼというのはカツオの腹の皮のところで、形状は細長い三角形をしている。皮と皮の間の身を箸でほじり出すようにして食べる。脂がのってて実にうまい。味は食べ慣れた者には病み付きになる味だとしておこう。子供の頃はご飯のおかず、今は専ら酒の肴だ。

肴といえばカツオの腸の塩辛、誰が付けたか知らないが、酒を盗むと書いて「酒盗」。酒を盗みたくなるほど酒が進むという意味らしい。いかにも酒飲みが考えたネーミングだ。

土佐といえばタタキと酒。

高知県出身だというと、「じゃあ、酒が強いでしょう」と言われる。幕末の志士や殿様が大酒飲みだったせいで、全国的にそう思われてるようだ。確かに酒飲

はらんぼの塩焼き（手前）と
メジカの生節

みは多い。女の人もよく飲む。ボクだって強くはないがそれなりに飲む。しかし、土佐にだって下戸はいるのである。サッカーのヘタなブラジル人、バスケ嫌いのアフリカ系アメリカ人がいるように。

カツオに話を戻す。

カツオと一口に言ってもいろいろ種類がある。

いわゆるカツオのほかにメジカ（宗田ガツオ）、スマガツオ、ヒラズマ、ハガツオ（これも「金次郎」のマスターの受け売りです）。

中村の隣町、土佐清水市はそばつゆの出汁に使われる宗田節の一大産地であり、原料に使われる宗田ガツオは地元ではメジカと呼ばれ食卓にもよく上った。

メジカは煮てなま節にし、冷まして手でさき白菜の漬け物といっしょにしょうゆをかけて食べる。これがごく普通の日のおかずだった。

十数年前、このメジカを使った大ヒット商品が生れた。メジカのなまり節をスティック状にしてしょうゆやガーリックで味付け、レトルトパックにした《姫かつお》である。一本、百七十円前後だから高知の物産店などで見かけたらおひとつどうぞ。

もひとつおすすめは、《かつおの生節》。これは包丁で切れるやわらかいかつお

四万十市「ビストロ金次郎」にて

節で、しょうゆかマヨネーズで食べる。おかずにも肴にもなる一品で、ボクはお土産にはいつもこれで皆に喜ばれている。

それから、うまいタタキを食べたいと思ったら、高知県の水産加工業者の作っている冷凍のタタキを買うといい。流水で少し解凍してまだ堅いうちに切れば上手く切れるし、タレもついていて便利である。下手な料理屋で食べるより断然うまい。あんまり食べないボクが食べてもうまいと思うんだから本物だ。ぜひ一度お試しあれ。

最後にボクが大好きな《花がつお》（削り節）の食べ方を書いておく。

皿に《花がつお》を取り、しょうゆをかける。その上から熱いお湯かお茶をさっとかける。しなっとなった《花がつお》をごはんの上にのせて食べる。もちろん皿に溜まった汁もかける。いい出汁がでていて何杯でもめしがいける。

二ナ

「山本耳かき店」というのがボクのデビュー作で、連作で短篇をいくつか描いている。

舞台は高知県の中町というところ。これはボクの故郷高知県の西部にある中村がモデルである。

山本耳かき店では手造りの耳かきの販売のほか、和服に割烹着姿の女主人がひざ枕で耳そうじをしてくれる。その技は絶妙で客たちは引き寄せられるようにこの店を訪れる……

三作めの「感じない女」にこんなシーンを描いた。

欲求不満のキャリアウーマンが彼氏の浮気を知り居酒屋でヤケ酒を飲んでいる。

ふと気づくと隣の席で山本耳かき店の女主人が一人で晩酌をやっている。肴は親指大の巻き貝で、これをつま楊枝でクルクルと実にキレイに取り出して食べている（挿絵参照）。

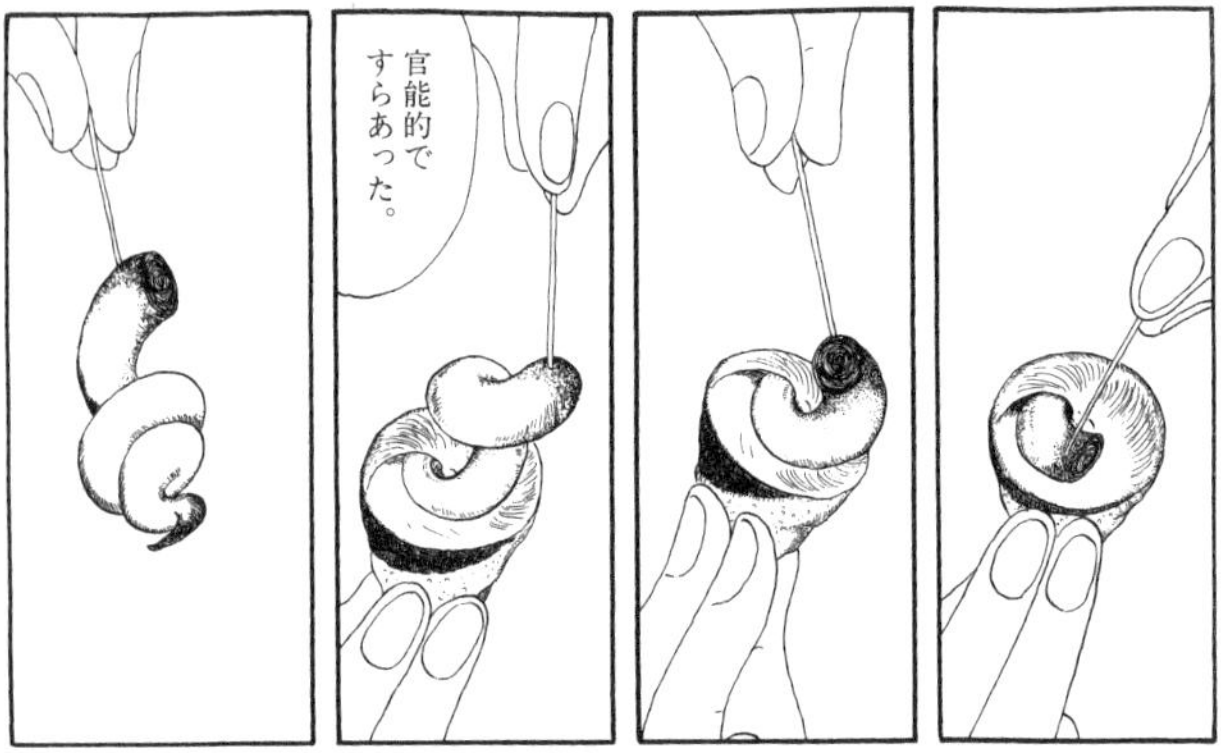

©安倍夜郎／小学館ビッグコミックススペシャル

その技に魅せられ感じてしまった彼女は、女主人に耳かきを頼む……。

少し前置きが長くなったが、この女主人が食べていた巻き貝がニナである。

ニナというのは高知県あたりの呼び名で、調べてみるとクボガイというものらしい。地元ではこのクボガイのほか、海の岩場で採れる小さな巻き貝全般をニナといっている。

ニナは夏場になると、よく行商の人が売りに来た。この頃では季節になると地元のスーパーでも売っているし、居酒屋によってはカウンターの大皿に盛ってあるところもある。

特別旨いというものではないが、

昔から食べている身には旨いのである。見るとつい食べたくなる。

ニナを食べるときは無口になる。

人としゃべっていても意識はニナの方へいってしまう。ニナに集中しないと、最後の最後までキレイに穿《ほじ》り出すことができないからだ。

ニナを手にしたとき、人は無意識のうちに勝負をしている。途中で身が千切れたら負け、最後までキレイに取れたら勝ち。そして、肝の先まで損わず穿り出したときのうれしさよ。口には出さないが心の中で「よし‼」と叫んでいる。

ニナを食べるのは、味よりもその達成感のためのような気がしてならない。あらかじめ殻から出したニナが皿に並べられていたら、たぶん食べる気はしないだろう。枝豆がさやから出され、豆だけ小鉢に盛られてたらつまんないでしょ？カニだって面倒臭いけど自分で身をとって食べる、そんなひと手間があるからよい、りおいしいんじゃないかな。

因みに漫画に描いたシーンは、帰省中ニナを食べてて思いついたものだ。

子供の頃、夏になるとよくニナを取りに行った。朝から弁当持ちで隣の宿毛《すくも》まで、家族四人父の車に乗って。

採る場所は毎年決まっていて、潮の引いた岩場にはそれこそいくらでもニナがいた。バケツ二杯くらい拾って、弁当を食べて戻って来るとすぐ大鍋に入れて茹でる。

冷まして余熱をとると、さあこれからが本番だ。居間に新聞紙を敷き、ニナの入った大きめのボウルと殻入れ用のボウルを母が持って来る。父とボクと妹は待《まち》針《ばり》を持って待っている（ニナが小さいため、我が家ではつま楊枝ではなく待針を使っていた。断然、待針の方が身は取りやすい）。

食べるのはなんといっても父が速かった。次から次へ太い指で巧みに身を穿り出してゆく。手先の器用さというのは指の太さには関係ないらしい。ボクも負けずに黙々と食べる。

「マア（父はボクのことをそう呼んでいた）の速いこと、オラが一つ食べるうちに、二つも三つも食う」

そう言いながら父はボクの一・五倍の速さで食べるのである。

その頃まだ小さかった妹は、気が短い上にコツを知らないから身を取るのもヘタだし遅かった。それでも父に

「いずみもこんまい《（小さい）》けど、よう食うねや」

とおだてられながら（？）負けずに食べていた。母はそんなボクたちをおかしそうに眺めている。

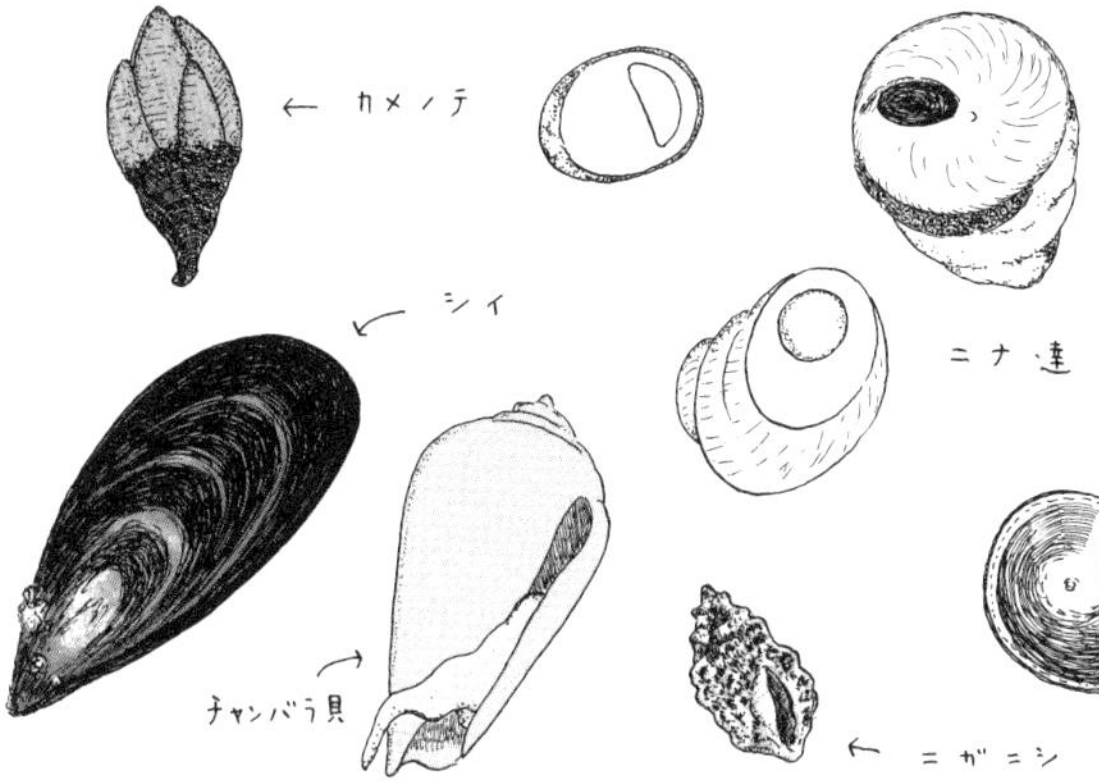

それが夏の情景だった。

ニナ以外にシイ、シイのときもそうだった。

シイというのはイガイの一種のムラサキインコという二枚貝で、やはり、この季節茹でたシイを売りに来た。シイは手づかみで貝を開けてすぐ身がとれるから食べやすい。しかし、こちらはひと袋いくらで買った物だから数に限りがある。少しでも多く食べようと必死だった。父は相手が子供だろうと手加減するというような男ではない。常に子供たちと同等に競って食べた。そんな父と食べるのは悔しくもあったが確かに面白かった。

あるときから母は何を思ったかその食べ方をスイカにも採用した。それまでは普通に三角に切ったり半月に切ったりして食べていたのだが。
居間に新聞紙を敷く（居間で食べるのは父が寝そべって食べるからである）。その上に洗い桶に入れた半分に切った半球のスイカを置く。傍らには食卓塩。父とボクと妹は先がギザギザになったスプーンを持って待っている。まず父が全体に塩をパラパラとふってから一斉にスプーンをつっこんで食べ始める。塩気が欲しくなったら各自勝手に塩をふる。実のあるうちはいいが、そのうち底の方までスプーンをつっこまないと実がとれなくなる。すると自然に頭

が前に出てくる。仕舞の方には父子三人頭突きをしあいながらスイカを食べていた。決して行儀のいい食べ方ではないが、あれはあれで面白かった。ああ食べたなあって感じがした。

丈夫で病気ひとつしたことのなかった父が突然死んだのはボクが高校三年の時だった。

それ以来、うちではもうあんな食べ方はしていない。今は帰省するとニナもシイもスイカも一人で好きなだけ食べられる。でも、あの頃みたいに面白くはないんだよね……。

皿鉢料理

土佐では宴会のことをおきゃくという。冠婚葬祭（さすがに葬式はおきゃくとはいわないが）、おきゃくに欠かせないのが皿鉢《さわち》料理である。

皿鉢料理というのはすしをメインに、煮物や揚げ物などの肴に、ヨーカンや果物のデザート類までひとつの大皿（これを皿鉢《さわち》という）に盛りつけた土佐のバイキング料理である。

おきゃくをするときには、このほかに生《なま》（刺身）だけを盛った皿鉢とカツオのタタキの皿鉢を出す。客は各《おのおの》小皿に取って食べたいものを好きなだけ食べる。あとはさしたりさされたり席を移りながらひたすら飲んでしゃべるのが土佐のおきゃくである。

十一月二十三日は一般的には勤労感謝の日ということになってるが、わが郷里（高知県西部の幡多《はた》地域）では「一條さん」（一條公《イチジョコ》さんともいう）ということに

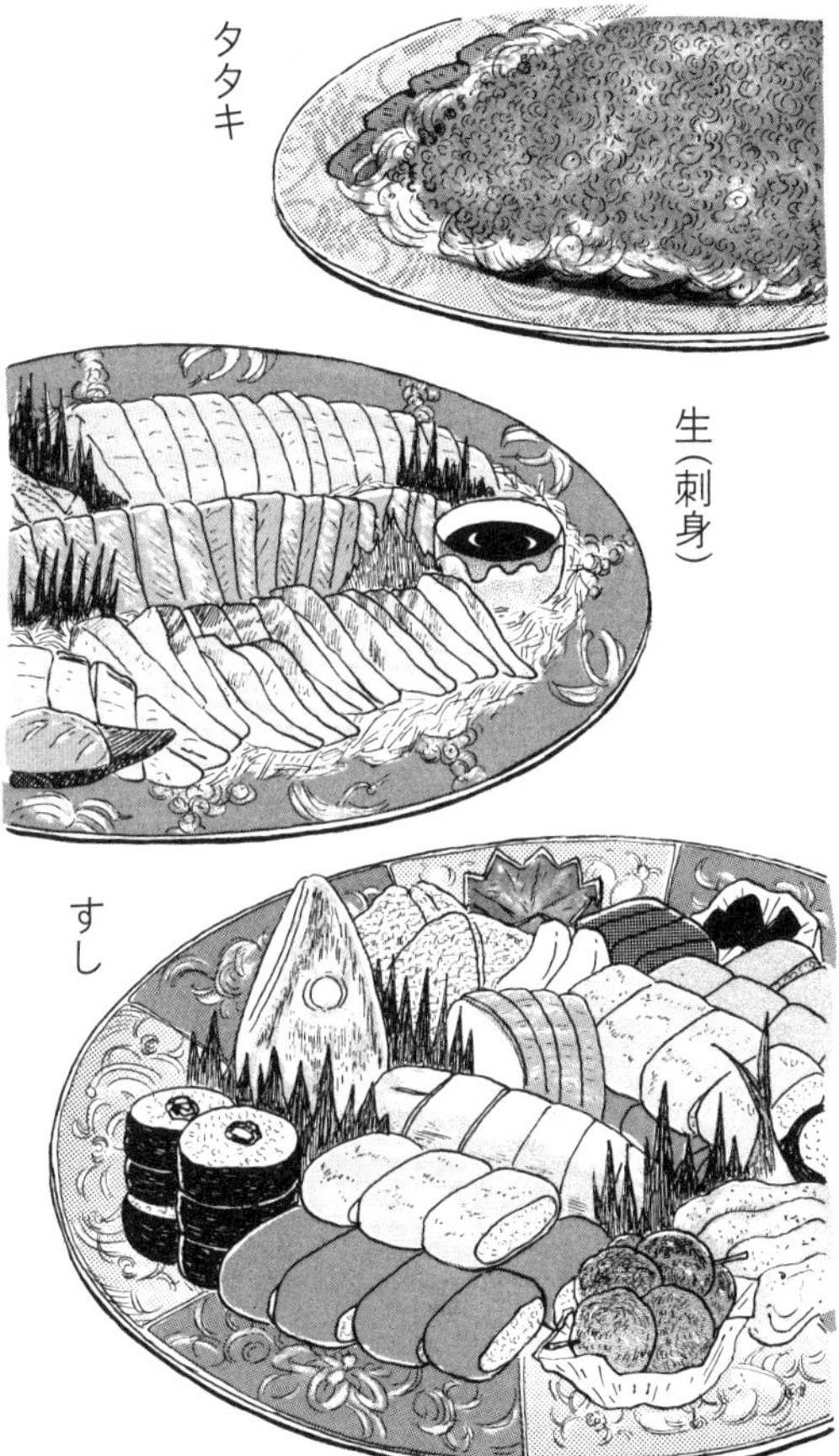
タタキ
生(刺身)
すし

なっている。

「一條さん」というのは、室町時代、応仁の乱を避けて京都から下向し、中村の町を作った前関白一條教房《のりふさ》公と息子の房家公から始まる土佐一條家ゆかりの人々を祀った一條神社の大祭で、大祭の三日間は門前の天神橋や一条通りには露店が並び、近郷近在から老若男女が御参りに押し寄せる幡多地域最大のお祭りである。

因みにうちの田舎では、人出が多い例えを「一條さんばぁ《（くらい）》、人がおる《（出る）》」という。

三十年前上京した頃、田舎の友人に会ったら彼が言った。

「東京は人が多い。毎日、一條さんばぁ人がおる」


さて、「一條さん」である。

一條さんには中村の町の中心部（いわゆるお町）の家では親戚や知り合いを招いておきゃくをする。我が家でも毎年大勢の人を招いておきゃくをした。

この日は朝早くから一族の女子衆《おなごし》が総出で皿鉢を作ったものである。

皿鉢の中心にはサバの姿ずし。

前日に塩をして酢につけておいたサバに酢めしを詰める。我が家ではジャボという大ぶりの酢みかんを使っていた。土佐は柑橘類の豊富なところで、ユズ・カボス・ブシュカンなど酢みかんには事欠かない。

あとはいなりずし以外は総て巻きずしだ。

まず、こぶの巻きずし。

こぶは色の薄い白板昆布と色の濃い黒昆布の二種類あって、いずれも少し甘く煮てある。このこぶの巻きずしはよそでは見かけないから土佐独特のものかもしれない。

めのりの巻きずしは芯にニンジン・カンピョウ・シイタケに卵焼きやゆでたほうれん草なんかが入ってるから苦手な人もいて、芯を箸で突き出して周りだけ食べる子もいた。

それから、なんといっても子供に一番人気があるのは薄焼き卵で巻いた卵のすしだ。子供の頃見てると大人はサバずしやこぶのすしを食べ、子供は卵のすしばかり食べていた。卵のすしは子供が食べるもので大人は食べないものかと思ってたら、卵のすしが好きだった子供は大人になってもやっぱり卵のすしが好きなんだなぁ。

毎年元日に我が家でおきゃくをするが、五十近くになっても一番人気は卵のすしで、それしか食べない人もいる。その人のために卵のすしだけ盛った皿を一枚別に用意しているくらいだ。

我が家では、すし以外の生《なま》（刺身）とカツオのタタキの皿鉢は魚屋に頼んでいた。
生《なま》は戻りガツオ、ヨコ（キハダ・ビンナガマグロの子）、タイなど。大根のケンをあしらって皿鉢いっぱいに盛りつけて、湯飲みに入れた醤油といっしょに出す。
土佐のタタキは普通皿鉢いっぱいにカツオを並べ、スライスしたタマネギとニンニクを大量にのせ、その上から青ネギをこれまた大量にちらしたもので、皿一面緑色をした皿鉢がタタキである。
「一條さん」のおきゃくをするときには母屋の表の襖《ふすま》を全部はずして、

毎年この日しか使わない細長い座卓を出して座敷にコの字に並べる。すしの皿鉢を中心に生《なま》とタタキの皿鉢を置き、座卓に二組ずつ向かい合せに小皿二枚、コップと盃に赤い塗り箸を副えて置く。

小皿一枚はすし用、もう一枚は刺身とタタキ用である。盃は取ったりやったりするので小さめで、盃の底にはおめでたそうな画が描いてあった。

中村式の宴会というのは、三三五五集って、来た者から飲みはじめ、また三三五五帰ってゆくという流れ解散方式で、これは「一條さん」のおきゃくの影響だと思う。

「一條さん」の日、お客は大体朝十時頃からボチボチ来はじめる。お昼時分が最も多くそれからは出たり入ったりで夕方六時ごろ最後のお客が帰った時点で御開きとなる。

ほかのうちでもおきゃくをしてるから方々で呼ばれている人は何軒もはしごをする。行った先で知り合いに会ったりすると（狭い町だからそんなことがよくある）、その人に連れられてその人の知り合いの家に行く。そんなことを繰り返すうちにまったく知らない人の家に上がり込んで飲むことになる。気がつくとうちでも、知らない人が飲んでたことがあった。

そんなこともこの日だけは許される、それが「一條さん」だった。

「一条さん」のもうひとつの楽しみは翌日残ったおすしを七輪で焼いて食べることだった。こぶ・めのり・卵なんでも焼くが、なんといってもサバの姿ずしである。酢も馴染んで焼くとサバの脂もしみてなんとも旨い。生《なま》よりこっちの方が好きだという人も多いが、皿鉢で出すことはない。あくまで翌日のお楽しみだった。

「一条さん」のおきゃくも父が死んでからはうちでもやらなくなった。たまに親戚の法事に行くとあの頃「一条さん」に来て大酒飲んでたおんちゃんたちに会うことがある。みんなすっかりじいさんになって酒もあんまり飲めなくなっていた。

しばらく「一条さん」には帰ってないが、近頃ではおきゃくをする家も減っているという。それが時代というものかもしれないが、なんか寂しいねえ……。

イタドリの花咲く頃

イタドリの花が咲く頃、ツガニが下りてくる。

夏に帰省したとき、なにか秋の食材でネタになりそうなものはないか、地元（高知県西部・四万十市中村）の人に尋ねると、そんな言葉が返ってきた。

秋、イタドリの白い花が咲く頃、ツガニが産卵のため川を下って来る。それがとてもうまいというのである。

イタドリというのは野山に自生するタデ科の多年草で、日本中どこでも生えてるらしいが、土佐以外ではあまり食べないようだ。四国山地を越えると食べる習慣がないから、伊予（愛媛県）の方ではイタドリがいっぱい生えたまんまになってると聞く。ああ、もったいない。

春芽吹いた四、五十センチのイタドリは、草の中からニョキっと頭を出しているので、ワラビやゼンマイと違って見付けやすく、ボクも子供の頃よく採りに行った。根元から折るとポンと音がして、妙にうれしかった。

イタドリはぬるま湯につけ皮をむき、茹でてひと晩水にさらす。油揚げといっ

春採りイタドリと
イタドリの花

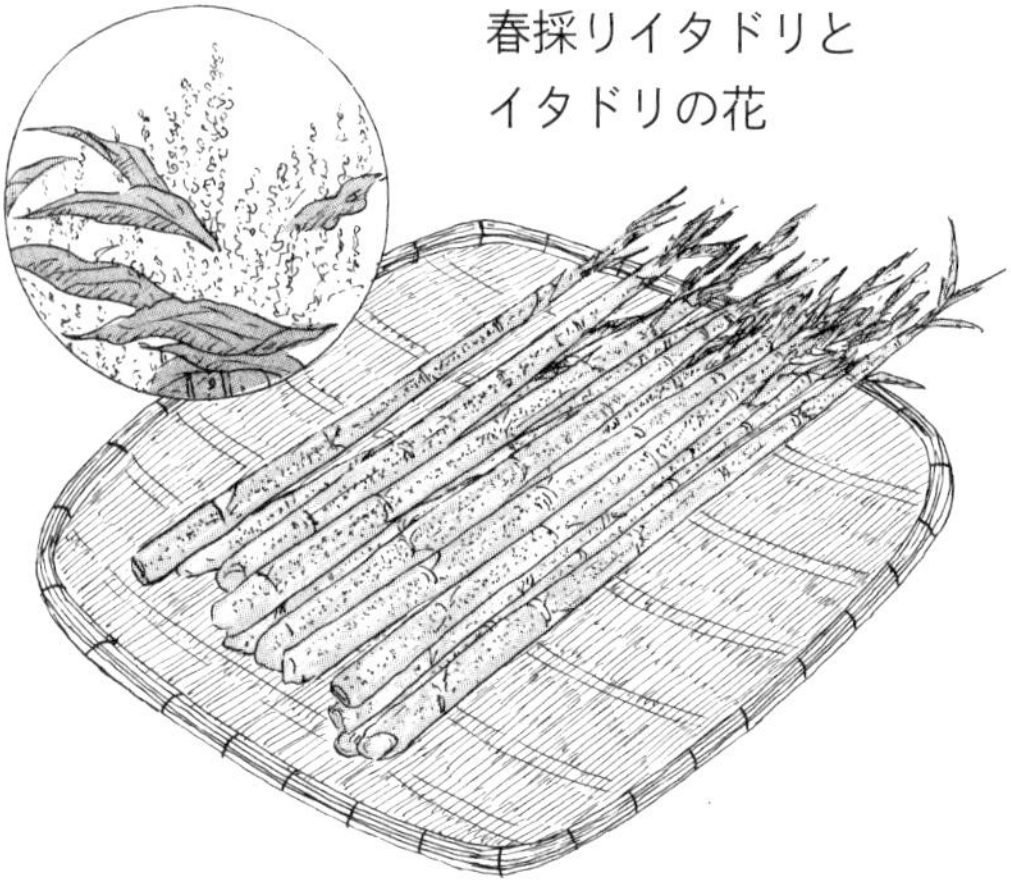

しょに炒め煮にして食べるとうまい。歯ごたえを楽しむため煮過ぎないことが大切だ。春の味だが、塩漬けや冷凍にして保存ができるので年中食べることができる。

イタドリは成長すると、枝を伸ばし葉を茂らせ、秋になると白い小さな花をいっぱいつける。その頃、一斉にツガニが川を下り始める。この時期のツガニが一番うまいのだそうである。

ツガニがうまいとボクが聞いたのは、ほんの十年くらい前で、教えてくれたのは死んだ父の親友の南の昭ちゃんだった（昭和七年生れなので名前は昭七。その昭ちゃんも数年前鬼籍に入ってしまった）。

ツガニ

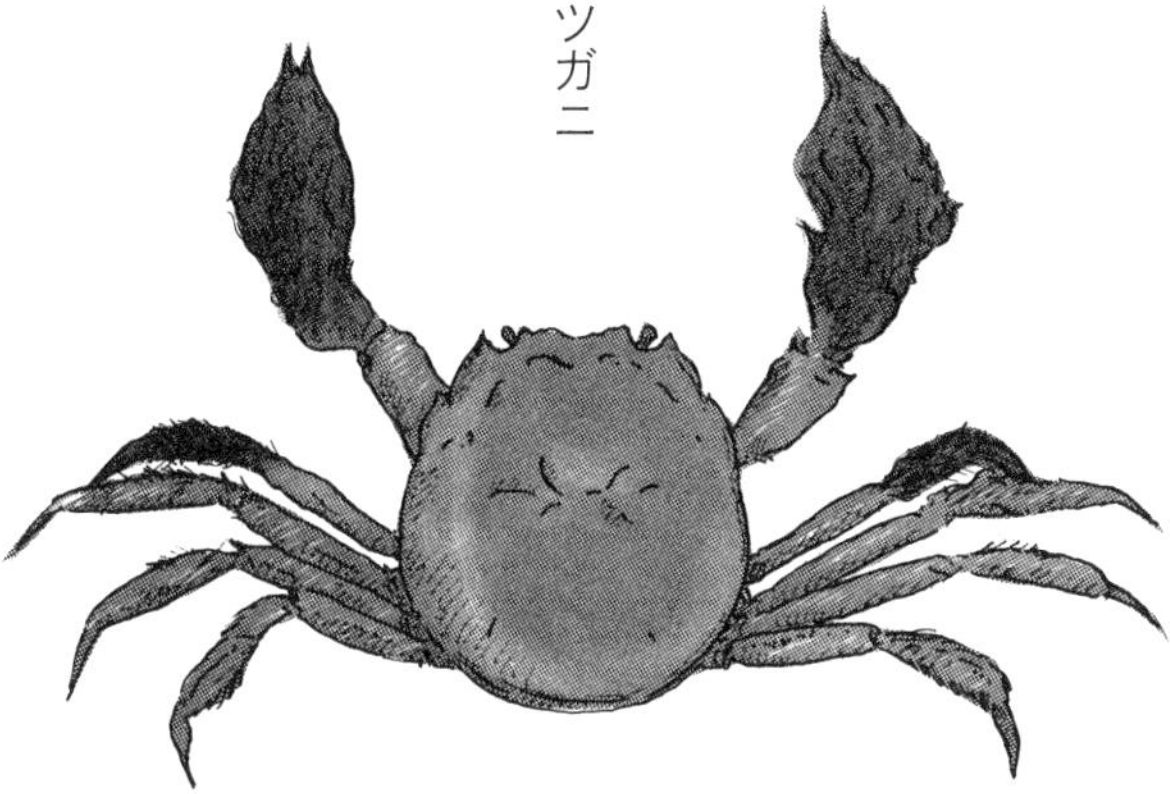

「ツガニを食うたことがないかよ?! ツガニはうまいぞ〜」。つくづくうまそうな昭ちゃんの口調が忘れられない。

我が家ではツガニを食べなかったし、ある時期、ジストマ（寄生虫）がいるということでボクの周りでも食べなくなっていたので、知らなかったのだと思う。

昭ちゃんの話を聞いて数年後、夏に帰省したとき、ショッピングセンターの中の魚屋で、ハサミと足を縛ったツガニを見付けたときは、思わず三杯買ってしまった。

茹でて食べたら、身はさほどでもないがミソがうまい。うまいはずである。ところ変われば上海蟹、あとで知ったことだがツガニというのは藻屑蟹《もくずがに》のことであった。そういえば四、五年前、横浜の中華街で上海蟹を買ったとき、どっかで見たなと思ったよ。

何もワザワザ高い金出して上海蟹を食べることはない。千円も出せば三杯は買える。冬頃まで食べられるみたいだから、みなさんひとつどうだろう（旅費と移動時間はちょっとかかるけど観光も兼ねていかがですか？）。

地元でツガニの食べ方として一般的なのは、センゴ（甲羅）とフンドシをはずし石臼で搗《つ》いたガネミソをミキサーにかけ漉《こ》して作る《ガネ汁》で、地元の飲み屋に電話して聞くと、ガネミソを柿の葉で包んで焼いてせんべいのようにして食べたという話も聞いた。

しかし、残念ながらボクはガネ汁もガネミソのせんべいも食べたことがないのである。今度、秋に帰ることがあればぜひ食べたいと思っている。

もうひとつ、地元で仕入れた秋の食材がニロギである。

ニロギというのは五～十センチの小魚で、河口や汽水域にすむやや大ぶりのウチニロギと外海にすむ小ぶりで骨の柔らかいオキニロギの二種類ある。和名はヒイラギ。ヒイラギの葉っぱに由来するらしい。

ウチニロギは松茸とよく合い、ニロギ汁には土佐の酢みかんのひとつ、ブシュカンを搾るといいらしい。というものの、これもボクは食べたことないんですよ。

オキニロギの干物

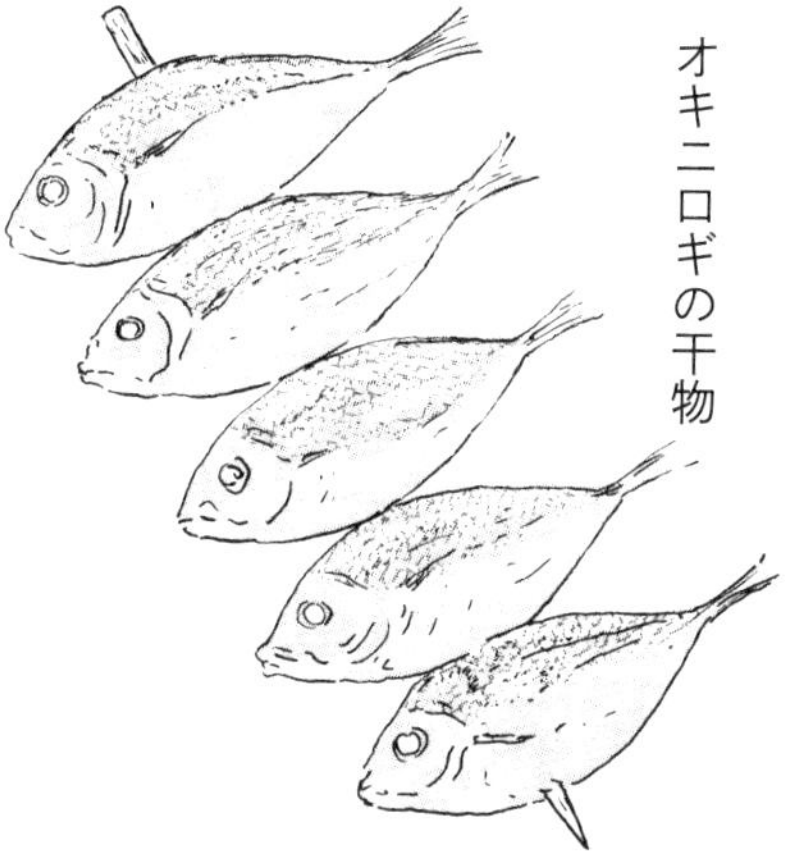

ボクがよく食べたのはオキニロギの方で、干物を四、五匹串に差したのを売っていて、形も妙に愛らしく、炙って食べると味も良く、酒の肴にはぴったりである。

秋は日本国中、一斉にいろんなものが美味しくなる季節だから、地元の人に聞いても特にコレといった珍しいものは、先に書いたものくらいしか出てこなかった。なので最後に秋頃よく我が家で食べたもののことを書いておく。

父は如何物《いかもの》食いで、よくどっからか変なもの珍しいものをもらって来ては、喜んで食べていた。

ある時は毛の生えたままの豚足を

山ほど取って帰り、裏庭の大鍋でグツグツ煮てたこともあった。

牛の臓物《モツ》、豚のホルモンもよく食べた。

すり鉢でニンニク・ショウガを擂り下ろし、ミソ・しょうゆ・酒で味を付け七味をふりかけた母特製のタレに漬けて。

今でこそ東京は、ホルモン流行《ばやり》で到る所にホルモン焼き屋があるが、あの頃（一九七〇年前後）ホルモン焼きを連日のように食べてた家は、近所でもなかったと思う。

父は土建屋をやっていたので、よく家に一緒に働いているおんちゃんたちを連れて来て酒盛りをした。座敷のまん中に置いた七輪でモツを大量に焼き、大酒を飲んだ。モツから脂がボトボトしたたり落ちジュウジュウと音を立て、モウモウと煙が立ち上る。しばらく家じゅうがモツ臭かったことを覚えている。

ボクも好きでよく食べた。お気に入りは豚のほっぺた。モツ焼き屋にあるカシラである。脂がのってうまいもんねえ。この頃は歳でちょっとキツクなったけど。

小学校一年生のとき、そのことを作文に書いた。題名は「ブタのほっぺたを食べたこと」。

作文の題名を読み上げると、教室中がどよめいたものである。日頃、大人しく目立たなかったボクが、ほんの一瞬だけスターになった瞬間だった。

四万十の山芋

爺さん婆さん子は三文値が安いというが、ボクなんかまさにそれで、沢庵食べながら熱いお茶をすするのが好きな年寄りくさい子供だった。

同じ敷地内に祖父母が暮す母屋があり、小学四年生の頃まで祖母と枕を並べて寝ていた。冬といえば、うるめいわしを焼く臭いを思い浮べるのは、よく祖母が冬になるとうるめを焼いてたからだろう。うるめをかじりながらお茶を飲むのも好きだった。

その頃はまだ電子ジャーが普及する前で、祖母は夕方にもよく飯を炊いていた。たまにこの炊きたてのごはんでおにぎりを作ってくれることがあった。塩むすびと味付けのりを巻いただけの俵型のおにぎり。これがなんともうまかった。炊きたての熱々《あつあつ》で、手に持つのも熱い。噛むと歯から熱が伝わってくるようなおにぎりだった。よくもまあ、あんな熱々のおにぎりを祖母は握ったもんだ。死んでもう二十年近くになる祖母のことを思うと、いつも夕暮れ時、ふうふういいながら母屋の台所で食べたおにぎりのことを思い出す。

祖父とはよく山に行った。
山といっても裏山で、中腹辺りに少しばかり土地があり、戦後食糧難の時代には耕して畑にしていたらしいが、ボクが小学校に上った頃、祖父はヒノキの苗を植えた。その生育を見に山に行くとき、ボクもよくそれについて行った。
四万十川を見下ろす山の勾配に一メートルくらいのヒノキの幼木が頼りなさげに植わっていて、台風の季節になると風で倒されないように、祖父は一本一本添え木を立て紐で結わえた。そんな作業をしながらボクに言った。
「おんし（おまえ）が将来、家を建

てるときは、この木を使うたらええ」

ボクは生来、余り頭の回転の速い方ではないが、心配性の悲観論者《ペシミスト》だから、そっちの方にはすぐ気が回る。祖父の言葉を聞いてすぐ、「この木を切り出して、どうやって麓に運ぶのか、どう考えても無理だろう」と思ったのを鮮明に覚えている。

このヒノキを植えた土地の端で、祖父と山芋（自然薯）を掘ったことがある。山芋の葉は秋に色づくので、それを目印に在り処《あか》を探る。祖父は葉を見たらすぐどれが山芋の葉か見分けがつくようだった。それから、葉のついた蔓を辿り山芋の植わってる場所に見当をつけ、そこを中心に台形状に約一立方メートルくらい掘るのである。山芋を途中で折らないように細心の注意を払いながら。それはとても骨の折れる作業だった。

掘り出した山芋は手ごろな木の枝を添え木にし蔓を紐代りにくくりつけ、山芋が折れないようにしてから山を下りるのである。

一連の祖父の動きには無駄がなく、子供心に「おじぃさん、すごいなあ」と思ったものである。

さて、山芋の調理だが、これは三人掛りだ。摺子木でする人、すり鉢をおさえる人、出汁を入れる人。我が家では、摺子木が父で、すり鉢が妹、出汁は母が入

れていた。なぜボクが手伝わなかったかというと、その頃、ボクは山芋が好きではなく、ひと口も食べなかったからである。

山芋は食べる人が手伝うものと決まっていたのである。

出汁は当時サバで取っていたが、現在、我が家ではタイを使っている。タチウオがいいという人もいて、これは家によって違うようだ。

出汁を取った魚の身は、ほぐして山芋と一緒に練り込むのが地元流だ。

出汁はすまし汁よりやや濃いめに味付けして、とにかくグラグラに煮立たせておく。山芋と魚の身が程よく練られたところに、この出汁をお玉で掬って少しずつ加えてゆく。母に言わせると、「アツアツの出汁で山芋を煮る」感じだ。

摺子木をすり鉢から離して、糸の引き具合で山芋のとろみと粘り気を見る。「よし、よかろう」丁度いい塩梅になったら、早速お碗に取って温《ぬ》く温《ぬ》くをすするのである。

ああ、この味をどう説明したらいいんだろう。とにかく、山の香りと海の幸が交ざり合った濃厚な味だ。そこに魚のすり身がアクセントになって、これがたまらなくうまいんだ。

半分くらいすすったところで、もう我慢できなくなって飯を所望することになる。

飯にかけるとそれはとても危険だ。ズルズルと何杯でもお腹に納まってゆく。そして気づくと腹が張って苦しくて苦しくて……。

子供の頃は食わず嫌いで食べなかったボクだが、故郷を離れた頃からなぜか急に大好物になり、今は帰省したら積極的に手伝って、山芋をすすっているのである。

ところで、祖父がボクのために植えたヒノキだが、祖父が足を悪くしてから手入れもせず放置したままになっている。

あれから四十年、今はどうなっているんだろう。昨年、実家を建て直したが、祖父の植えたヒノキは使わなかった。

おじぃさん、ごめんなさい。

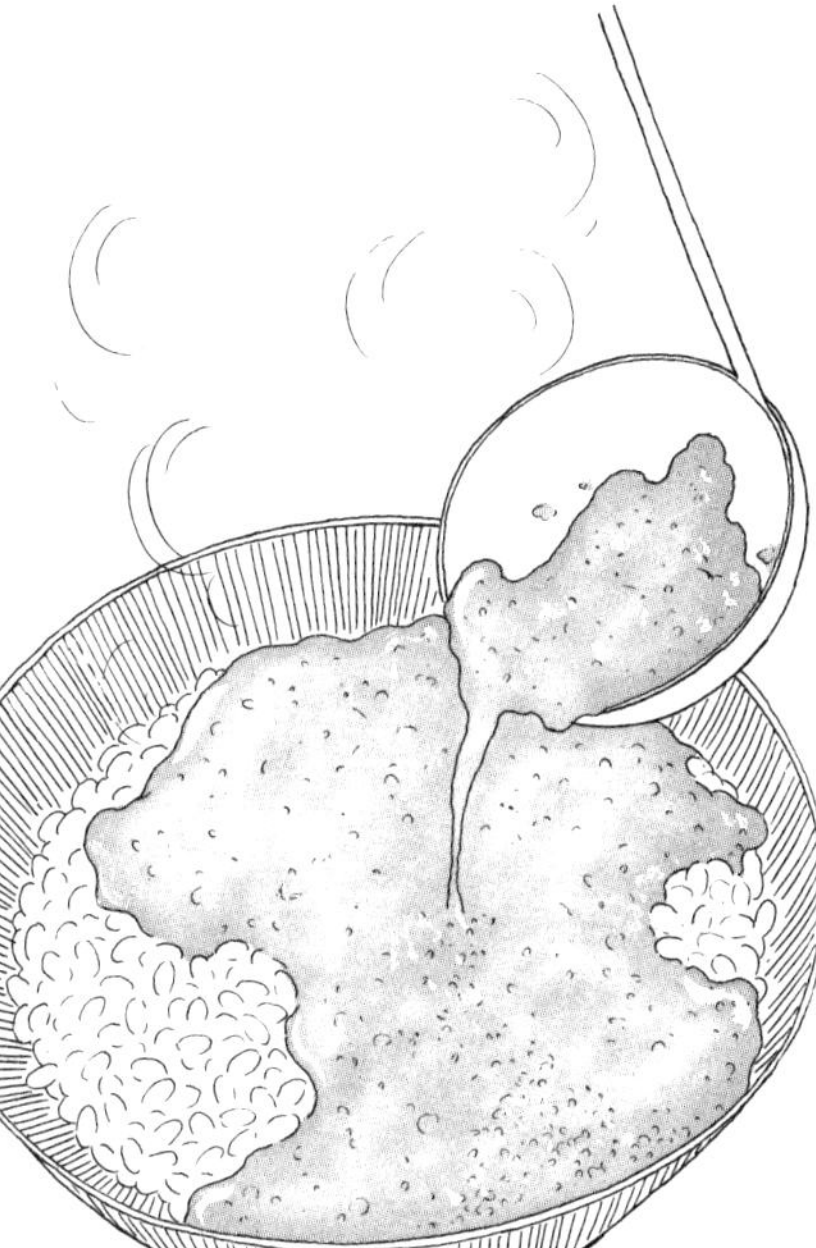

帰省の味

地元（高知県中村市・現四万十市）に帰り、若い人たちと話していて愕然とすることがある。彼らはかつて四国から本州へ連絡船に乗って渡っていたことを知らないのである。

調べてみると、本四架橋一本めの瀬戸大橋が開通したのが一九八八（昭和六十三）年だから、二十代の後半でも知らないのは当り前なのかもしれない。まして十代となると、生まれたときから四国と本州は地続きだったのだから。

三十年ほど前、ボクが大学生の頃、上京するのに十一時間半かかった。

中村から高松まで汽車（電車ではありません）で約五時間半、宇高連絡船に一時間乗って、宇野に着いたら岡山まで電車で三十分、岡山から新幹線に乗り換えて東京まで四時間十分。乗り継ぎの時間を含めると約十一時間半。中野のアパートに帰り着くまで、丸々半日以上かかった（現在は最速八時間、随分速くなったが、それでも東京―ソウル往復より時間がかかる）。

このうんざりするような移動時間の中で唯一の楽しみが、宇高連絡船のデッキ

宇高連絡船のうどん

で食べる立喰いうどんだった。

その頃、四国の玄関口は高松で、高知からも愛媛からも徳島からも上りの列車は高松に着いた。汽車が着くと老若男女ほとんどの乗客が高松駅のホームを連絡船の乗り場に向って走るのである。「危ないですからホームは走らないでください」という駅のアナウンスを聞きながら。

それが決まりであり、条件反射のようなものだった。

連絡船に乗り込み荷物で座席を確保すると、これまた階段を駆け上りデッキの立喰いうどん屋の前に並ぶのである。メニューはかけうどん・きつねうどん・天ぷらうどんの三種。あの頃は確か三五〇～四五〇円くらいだったと思う。

四国出身者に連絡船のうどんの話をすると、誰もが目を細めて「あれはうまかった」と言う。確かにボクもうまかったという記憶はあるが、あれは味そのものより、あのシチュエーションがうまかったのだと思う。

四国に生れて本州に旅立つ者にとって、あれは「行って来ます」の別れの儀式であり、帰省する者には「ただいま」の挨拶であった。

大学生の頃、年末、夜行で帰省したことがある。前日、サークル（漫画研究会）の飲み会のあと、ボクの四畳半のアパートに三人が泊り、翌日、帰省するボクを東京駅の新幹線ホームまで送ってくれた。心優しい女の先輩が「途中で食べてね」と冷凍みかんを持たせてくれた（そういえば、最近、冷凍みかんてあんまり見かけないなぁ……）。

午後六時過ぎに東京を出て、十時頃岡山に着き、夜中の連絡船に乗り、午前零時を過ぎた頃高松発の鈍行に乗る。終点中村に着くのは翌朝の八時前だった。

このとき、夜の連絡船のデッキで食べたうどんが忘れられない。

真冬の連絡船のデッキの上で、夜風に吹かれて背中を丸めて、ふうふういいながらうどんをすする。丼の温かさ、立ち上《のぼ》る湯気、くもったメガネを通して港の灯りがボンヤリ見える。明日の朝には故郷に着く。そんな話をボクがすると、みんなが「うまそうだなぁ」という。要するにシチュエーションがうま過ぎるのですよ。だから、連絡船のうどんを食べられる店が高松駅の中にあると聞いても、別にわざわざ行こうとは思わないんだよね。

帰省して必ず食べるのが「竹葉《たけば》」のたこ焼きである。中村周辺に住んでる人で恐らく知らない人はいないという人気店で、中村でたこ焼き屋といえばここのことである。場所は市役所の下の駐車場の入口にあり、店構えは昔からずーっとバラックのブロック造り、持ち帰り専門の店である。

味も昔から変らない。今、流行の外はカリッと中はトロトロというのではなく、口当たりは柔らかくちょっとへなっとした感じの一口サイズのたこ焼きだ。前を通ったとき、人が並んでなかったら買って急いで家に帰り、あったかいうちにビールをのみながら食べる。至福の時である。

持ち帰り専門と書いたが、以前は焼いている鉄板の脇に二、三席イスが置いてあり中で食べることもできた。入口の横の壁に小さな鏡があって、客は出るとき必ずそれを見る。歯に青のりがついてないか確かめるのである。こんな気遣いのうれしい、それでいて愛想のない店である。

今のご主人は二代目で、ボクが子供の頃はゴッツイおんちゃんとおばちゃんが焼いていた。ご主人のご両親で、二代目は先代のいいところだけ継いだ男前だ。息子さんが手伝っているからどうやら三代目も安泰なようで、中村の住人にとってはうれしい限りである。

最後にこの時期おいしい地元の特産品をご紹介しておく。

中村の西、大月町の「ひがしやま」である。

ひがしやまというのは干しイモのことで、地元では昔から家庭で作って食べられていた。そのまま食べるのが一般的だが、ちょっとストーブで炙ったり。ボクが一番好きなのはひがしやまを練りこんだイモのもちだ。曾祖母《ひいばあさん》が生きてた頃、

たこ焼き竹葉

正月はいつもこれを火鉢で焼いて食べていた。もちのような焼き芋のような、香ばしくて、ほんのり甘くて、うまかったなぁ。

ひがしやまを作るところも少なくなったが、大月町の竜ケ迫《たつがさこ》や頭集《かしらつどい》などの地区では、今も販売用に作っているらしい。

丁寧に二度剥きしたサツマイモ（紅ハヤト）を大釜で四、五時間炊いたあと、海辺の潮風にさらして二週間ほど干して作る超スローフードだ。太陽の光と大月町の潮風で、甘みがぐっと増すのだそうだ。

砂糖や添加物を一切使わず芋と水だけで作り上げたひがしやま。普通の干しイモとは全然違います。ぜひ一度ご賞味ください。

《㈶大月町ふるさと振興公社》
TEL　0880―73―1610
FAX　0880―73―1611
ホームページ　http://www.furepa.jp/
250グラム入りと150グラム入りあり。
季節商品なので、必ず在庫を確認して下さい。

ひがしやま

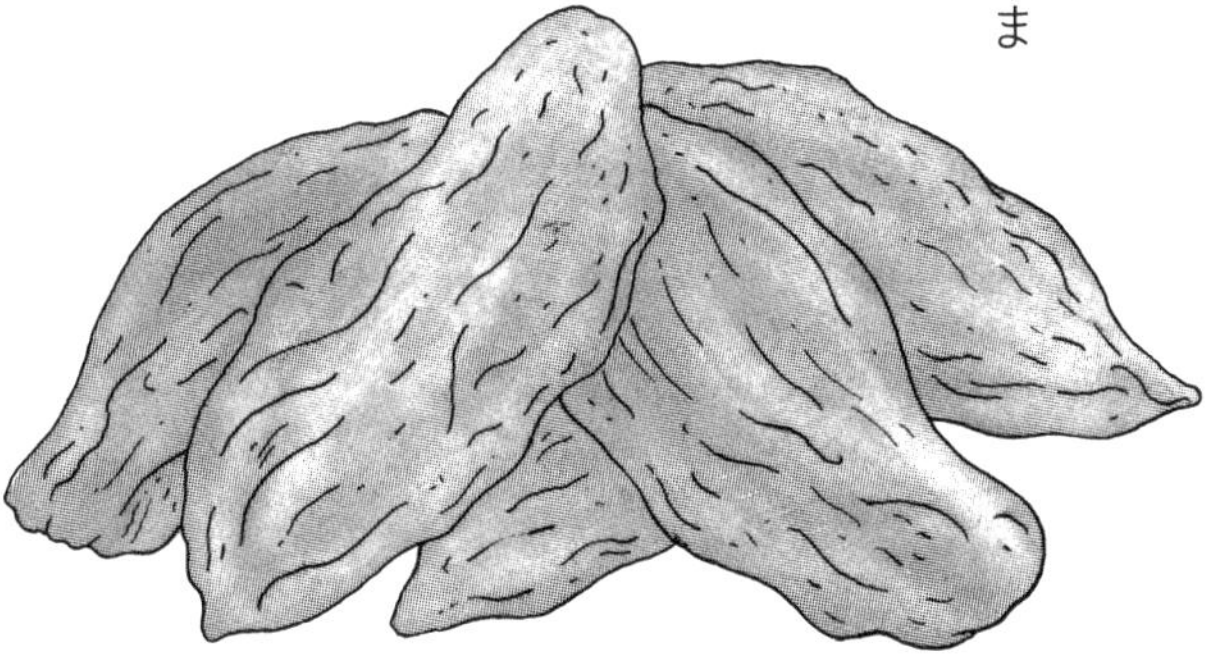

ミュージカル「深夜食堂」と文旦

二〇一三年二月の初め、ソウルにミュージカルを観に行った。題名は「심야식당」。漢字にすると「深夜食堂」。そう、ボクの漫画が原作のミュージカルだ。芝居ならまだわかるが、ミュージカルである。ミュージカルといえば、「CATS」とか「シカゴ」とか「ウエストサイドストーリー」とか「レ・ミゼラブル」とか、とにかく役者が歌って踊る派手で豪華絢爛な世界じゃないか！　それと対極にある「深夜食堂」をどうやってミュージカルにするんだろう。

最初この話を聞いたとき「ミュージカル？　ウソだろ?!」とボクは思った。しかし、単純にどんな風になるのか見てみたいとも思った。なんでも韓国では、普通の芝居よりミュージカルの方が人気があるのだそうだ。

ミュージカル「深夜食堂」はとてもよくできていた。制作スタッフや役者さんたちが本当に丁寧に作り上げてくれたと思う。

舞台は原作と同じ新宿ゴールデン街。登場人物の名前も全て日本名だ。セット

韓国ミュージカル
「深夜食堂」より
マスターと
お茶漬けシスターズ

は日本の舞台美術家に発注したそうだ。

脚本は原作の十一話のエピソードで構成されており、事前にどの話を使ったか知らされていたので、セリフはわからないが内容は理解でき、最後まで十分楽しむことができた。

出てくる料理は、赤いウインナー、卵焼き、お茶漬け、ゆで卵、明太子、キムチ、ソース焼きそば、あさりの酒蒸し、ポテトサラダ、猫まんま、さんまの塩焼き、バターライス、カニ。

「深夜食堂」のメニューは、大体、その時ボクが何が食べたいか、で決めているから、今挙げたメニューは正にボクの「酒の友めしの友」である。

タコさんウインナーにちょっとマヨネーズつけて食べながらビールを飲むのもいいし、あさりの酒蒸しの汁をカラですくって飲みながら酒をチビリチビリやるのもいいもんだ。それから、あったかごはんにかつぶしかけて、湯気に踊るかつぶしの上から醤油をたらしてかっ込むとなんであんなに旨いんだろうねえ。

ちなみに、原作で猫まんまを注文するのは売れない演歌歌手千鳥みゆきのエピソードだが、ミュージカルではバターライスに替えてあった。さすがに韓国の方《かた》に、猫まんまの淡白な味わいはわからないのかなあ。バターライスは韓国ではキムチチゲと一緒によく食べるそうだ。去年、韓国の「深夜食堂」の読者の方々と

蒸らして
バターが溶けるのを待つ
流しのゴローさん

会ったとき（「深夜食堂」韓国語版は累計三十万部出ています）、一番話題になったメニューもバターライスだった。

話のついでに、「深夜食堂」に出てくる流しのゴロー流バターライスの食べ方について書いておく。

あったかいごはんの真ん中に凹みを作り、そこにバターをひとかけ入れ、上をごはんでフタをして三十秒ほど蒸らしてバターが溶けるのを待つ。それから醤油をかけ軽くかき混ぜて食べる。このとき、余りかき混ぜない方がいいと教えてくれたのは、ゴールデン街並びの花園五番街にあるボクの行きつけの飲み屋の常連Iさんだ。余りかき混ぜないと、バターの染み方がマチマチだから、いろんな味が楽しめるのだそうだ。なるほど長年食ってきた人の言葉はウンチクがある。

どうです？　今夜あたりひとつバターライス！（漫画では〝バターライス〟と書いたが、〝バターごはん〟とした方がよかったと思っている。今さらいっても仕方ないんだけどね）

さてさて、ここからは土佐の旬の食べ物の話。

冬から春にかけて、ぜひ食べてもらいたいのが土佐文旦《ぶんたん》である。

色は淡いレモン色、グレープフルーツよりやや大ぶりな柑橘系の果物だ。

夏みかんのように厚みのある外皮をむき、一房ずつ皮をむいて食べる。さっぱりとした酸味と甘み、ジューシーで果肉には適度な歯ごたえがある。初めて食べた人は、そのおいしさに驚くことだろう。

勤めていた頃、春先になると毎年高知県の実家から文旦を一箱（十五、六個入り）、母が会社にボク宛で送って来た。

ボクのいた企画部は他の部署と離れており割合勝手が利いた。三時頃になり、ボクが「文旦、食べましょうかね」と言うと、先輩も後輩も「よ、待ってました」という顔をする。それから経理や総務の手の空いた人にも電話で声を掛ける。その時総務の人には古い新聞紙を持って来るよう頼んでおく。文旦を食べるときには新聞紙はマル必なんですよ。

企画部のドアを閉め、小さなテーブルの上に新聞紙を広げその上で文旦の皮をむく。その瞬間なんとも爽やかな香りが部屋中に広がる。一度にむくのは三つか四つ。むいた実は三つなら三つ、四つなら四つ新聞紙の上に分けて置き、それから満遍なく食べる。それが文旦の正しい食べ方だ、とボクは思う。

どうしてかというと、文旦は一つ一つわかりやすいくらい味が違うからである。甘み、酸味、歯ごたえ、ジューシーさ、ひとつとして同じものがない。食べる人それぞれまた好みが分かれるのも面白い。

このことに気づいたのは、会社でみんなと食べるようになってからだ。それまでも食べてたが、家で食べるのは一つかせいぜい二つだから、物によってこんなに味が違うとは思わなかった。

文旦を食べるときには、なるべく大人数で一度に何個も食べて味の違ううまさを味わって欲しい。一個二個、スーパーや果物屋で買うと高いから、「土佐文旦」で検索して高知県の生産者から直接箱買いすることをお勧めする。家で食べきれなかったら、友人にプレゼントするといい。感謝されること受け合いだ。

露地物は二月三月が旬だが四月でもまだ間に合うので、なるべく早めに注文してください。でも、もし文旦が終っても落胆することはありません。文旦の後には、これまたおいしいおいしい小夏が出て来ますから。

最後に文旦を食べるときには新聞紙をお忘れなく。食べたあと、そのまま新聞紙に包《くる》んで捨てられます。

土佐文旦

中年シングルの冷や飯

いばる訳じゃないが、ずーっと独身《ひとりもん》である。ホモでもバツイチでもなく、大学進学のため上京して以来三十数年、一度も同棲したことのない正真正銘の独居者《ひとりぐらし》で、リッパな中年シングルである（別に立派でもなんでもないが）。だからまあ、独居者としてひと通りのことは自分でできる。

「料理は作られるんですか？」と、よく質問されるが、「料理という程のもんじゃありませんが、おかずくらいは作れます」と答えることにしている。

それでも多少、料理に凝った時期もある。

大学三年くらいだったか、古本屋で「檀流クッキング」を買って読んで、少しだけ料理に目覚めた。ヒマな大学生にありがちなことだ。しかし、ひと月くらいで止めてしまった。小一時間かけて作った料理を、ほんの十分足らずで食べてしまうことがバカらしくなったからである。

今、ボクがたまに作るのは、煮干しで出汁を採ったみそ汁に炒めもの、カレーにおでん。あとは麺を茹でるか、サラダ、納豆、焼き魚など手間のかからないも

昨日のカレーと
しじみの汁かけご飯

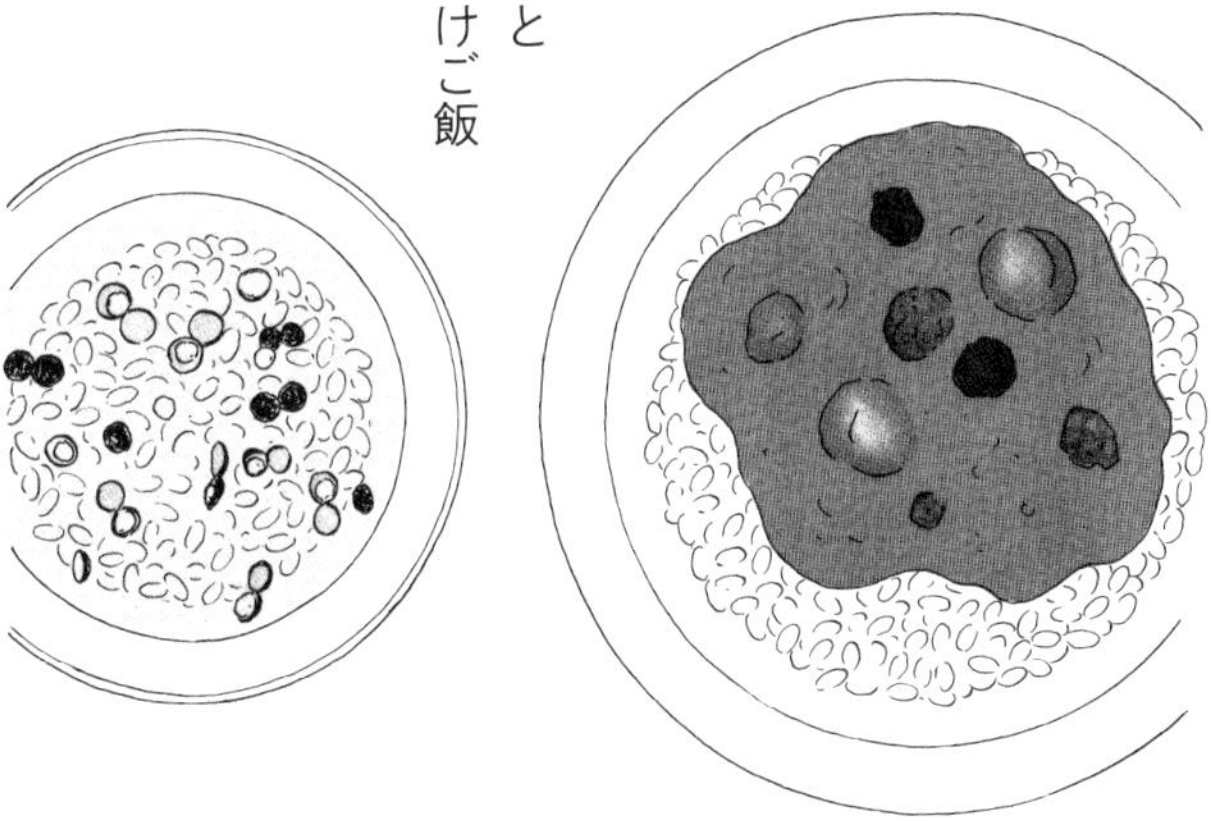

のばかりだ。そのほかに画を描くために、「深夜食堂」に出てくる料理を作るくらいだ。

独居者の場合、カレーを作るとしばらくカレーを食べ続ける覚悟が必要だが、それでもあえてボクがカレーを作るのは、〝昨日のカレー〟が食べたいからだ。ひと晩冷蔵庫で冷やしたカレーを冷や飯《めし》にかけて食べるのが、ボクの流儀だ。こればっかりはどこのカレー専門店に行ってもメニューにないから、自分で作るよりないのである。

幼稚園から中学校まで弁当持ちだったせいか、冷や飯が好きで、カレーのほかにもボク的には冷や飯に限るというものがいくつかある。

明星チャルメラと冷や飯もたまに無性に食べたくなる。昔、土曜日は半ドンで、学校は午前中で終り、自宅に帰って自分で作って食べたあの味が忘れられないのである。

ほかに朝の残りの冷えたしじみのみそ汁を、冷や飯にかけて食べるのも大好きだ。だから自宅で飯を炊き、わざわざ冷まして食べている。夏場、冷蔵庫で冷やしたしじみのみそ汁を、大ぶりの茶碗によそった冷や飯の上からたっぷりかけて、飯といっしょにすすりこむ。小さなしじみのみが、ちょうどいいおかずになる。ボクの最後の晩餐には欠かせない一品だ。

冬になると我が家で一番大きな鍋でおでんを作る。ボクのおでんは、牛すじと大根にゆで玉子のみ。拙作「深夜食堂」の中で、リバウンドを繰り返すまゆみちゃんの大好物でもある。

作り方はいたってカンタンだから書いておく。

牛すじは塊で五百～六百グラムのを買って来て、煮込むと縮むので、やや大ぶりに切り分ける。グラグラ沸いたお湯で五分くらい茹でてから水洗いをしてアクと汚れを取る。家中で一番大きな鍋に水を張り、大根（中くらいのを一本、皮を剥き輪切りにしたもの）とゆで玉子と牛すじを入れ、沸騰したら市販のおでんだしの小袋一つ半くらい入れて三時間煮る。ただそれだけだ。

味つけは、牛すじからいい出汁が出るのでやや薄めにしておく。途中レンゲで掬《すく》って味を見て薄ければ醤油と酒を加える。

ひと手間かけるなら、二時間くらい煮たあと火を止めて数時間放置する。表面に固まった白い脂をとると味がスッキリする。このとき、脂を全部取り除くより少し残したほうが旨いようだ。そのあと、もう一時間煮て出来上り。トロトロの牛すじとよく染みた大根、ほどよく色付いたゆで玉子。もう不味い訳がないのである。

もうひとつお楽しみは、最後に入れる豆腐である。あらかたおでんを食べたあと、豆腐を入れて湯掻く。軽く色付いた豆腐をあったかいごはんの上にのっけて、出汁をかけグチャグチャにして食べる。もう何も言わない。一度お試しあれ。

中年シングルライフは自由気ままで、さして痛痒を感じないが、唯一シンドイのが病気のときである。

先年、明け方激痛に襲われたときは死ぬかと思った。誰にも頼めないから、激痛に耐えながら自分で電話帳をめくり病院を探し、タクシーを拾ってなんとか病院にたどり着いた（尿路結石ということで痛み止めをもらい、後日、石が出て終了）。

二十代半ば、風邪で寝込んだことがある。一人、四畳半のアパートで布団に包まって、裸電球のぶら下がった天井を見ながら、「ああ、このまま誰にも知られず死んでいくかもしれない」などと悲観的なことを思っていた。

ゲホゲホ咳が止まらない。そのとき、ふっと中学か高校の教科書に出ていた「咳をしても一人」という句を思い出した。無季自由律の俳人・尾崎放哉《おざきほうさい》の句である。その句が身に沁みてわかった。そして、風邪が治ったらもっと放哉の句を読みたいと思った。

牛すじ、
大根、
玉子のおでん

一日物云はず蝶の影さす
入れものが無い両手で受ける
漬物桶に塩をふれと母は産んだか
足のうら洗へば白くなる
墓のうらに廻る
ほかにもいい句がいっぱいある。放哉の句を繰り返し読むうちに、ある文句が浮かんだ。
「生れたときから下手糞《へたくそ》」
それはその頃、限界を感じていた広告の仕事と世渡り下手な自分のことを言葉にした句とも言えないフレーズだった。
「生れたときから下手糞」、そのフレーズを何度か口遊《くちずさ》むうちに、このフレーズが当てはまる男がもう一人いたことを思い出した。ボクが十七のとき、四十九で死んだ父である。
この題名で父と自分のことを漫画に描こう。大学を卒業して五年間止めていた漫画を、ボクは再び描き始めた。
父のことは、このコラムでも何度か書いた。山芋、ゴリのすまし汁、ホルモン焼き、今回書いたしじみのみそ汁かけ飯も父の好きな食べ方である。

朝食は家族そろって。
父は家では
いつもパンツ一枚だった。

大酒飲みで、人を呼んで供応するのが好きな男だった。生前、父は「おらぁこの世にお祭りをやりに生れて来た」と言っていた。

陽気な酒だったが、数年に一度、酒に乱れた。酒乱のことを地元では〝ロクをきる〟という。ロクをきって数日はガックリ落込んで、家族とも顔を合わせなかった。その姿が「生れたときから下手糞」のフレーズに重なった。

そろそろ習作で描いた漫画を全て描き直し発表したいと思っている。タイトルは「生れたときから下手《へた》くそ」。ボクはもう父の年を越えてしまった。

※自伝的漫画「生まれたときから下手くそ」は、２０１４年「ビッグコミックオリジナル」９月増刊号から２０１７年５月増刊号まで連載され、その後、単行本化されました（詳しくは２８６ページをご覧ください）。

ああ、これで会社を辞められる

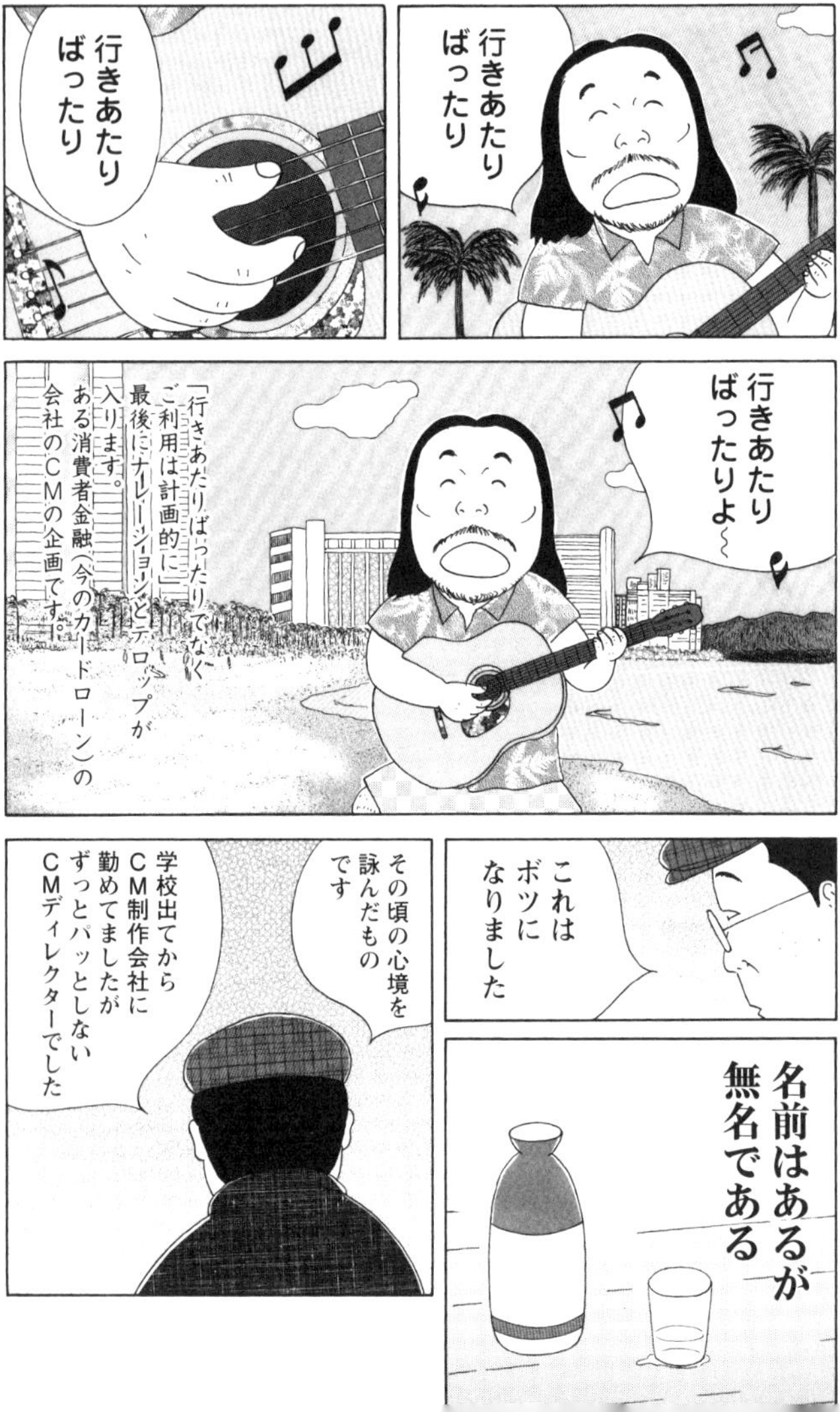

行きあたり ばったり
行きあたり ばったり
行きあたり ばったりよ〜
「行きあたりばったりでなくご利用は計画的に」最後にナレーションとテロップが入ります。ある消費者金融（今のカードローン）の会社のCMの企画です。
これはボツになりました
名前はあるが無名である
その頃の心境を詠んだものです
学校出てからCM制作会社に勤めてましたがずっとパッとしないCMディレクターでした

会社には何年勤めてたの？
十九年です
そりゃその仕事に向いてなかったんじゃないのかい？
……まあそうでしょう企画（絵コンテ）は多少、自信あったんですが演出はそこまで自信が持てませんでしたからね
じゃ辞めて別の仕事すりゃいいじゃん
そうだけど辞めて何をやるんですか？
営業は無理だし英語も出来ないし田舎《（高知）》に帰ったところで仕事も無いし車の免許も持ってませんからね

マスター しらす干しの お茶漬け ください
いいのかい？ 描くの たいへんだろ
いいんですよ ひとコマくらい サービスで 描きますよ
はぁ……やっぱり 止めときゃよかった （作者 談）
結局 ボクに出来るのは 漫画描くこと以外 なかったんですよ
へえ 漫画は いつ描いて たの？
仕事の合い間です ヒマでしたから それ以外は ゴールデン街で 飲んだくれて ましたよ

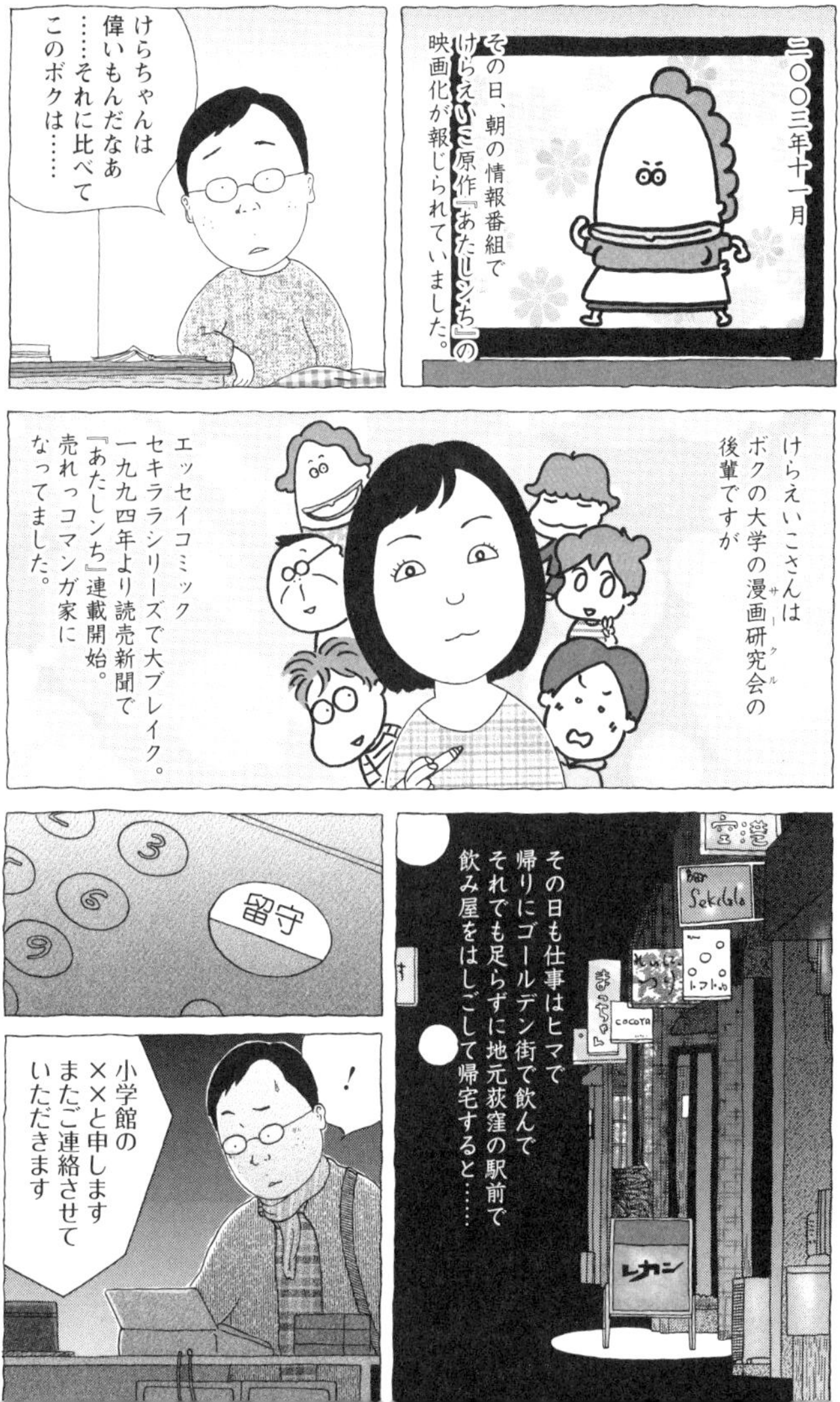
二〇〇三年十一月
その日、朝の情報番組で
けらえいこ原作『あたしンち』の
映画化が報じられていました。
けらちゃんは
偉いもんだなあ
……それに比べて
このボクは……
けらえいこさんは
ボクの大学の漫画研究会《サークル》の
後輩ですが
エッセイコミック
セキララシリーズで大ブレイク。
一九九四年より読売新聞で
『あたしンち』連載開始。
売れっコマンガ家に
なってました。
その日も仕事はヒマで
帰りにゴールデン街で飲んで
それでも足らずに地元荻窪の駅前で
飲み屋をはしごして帰宅すると……
レカン
留守
!
小学館の
××と申します
またご連絡させて
いただきます

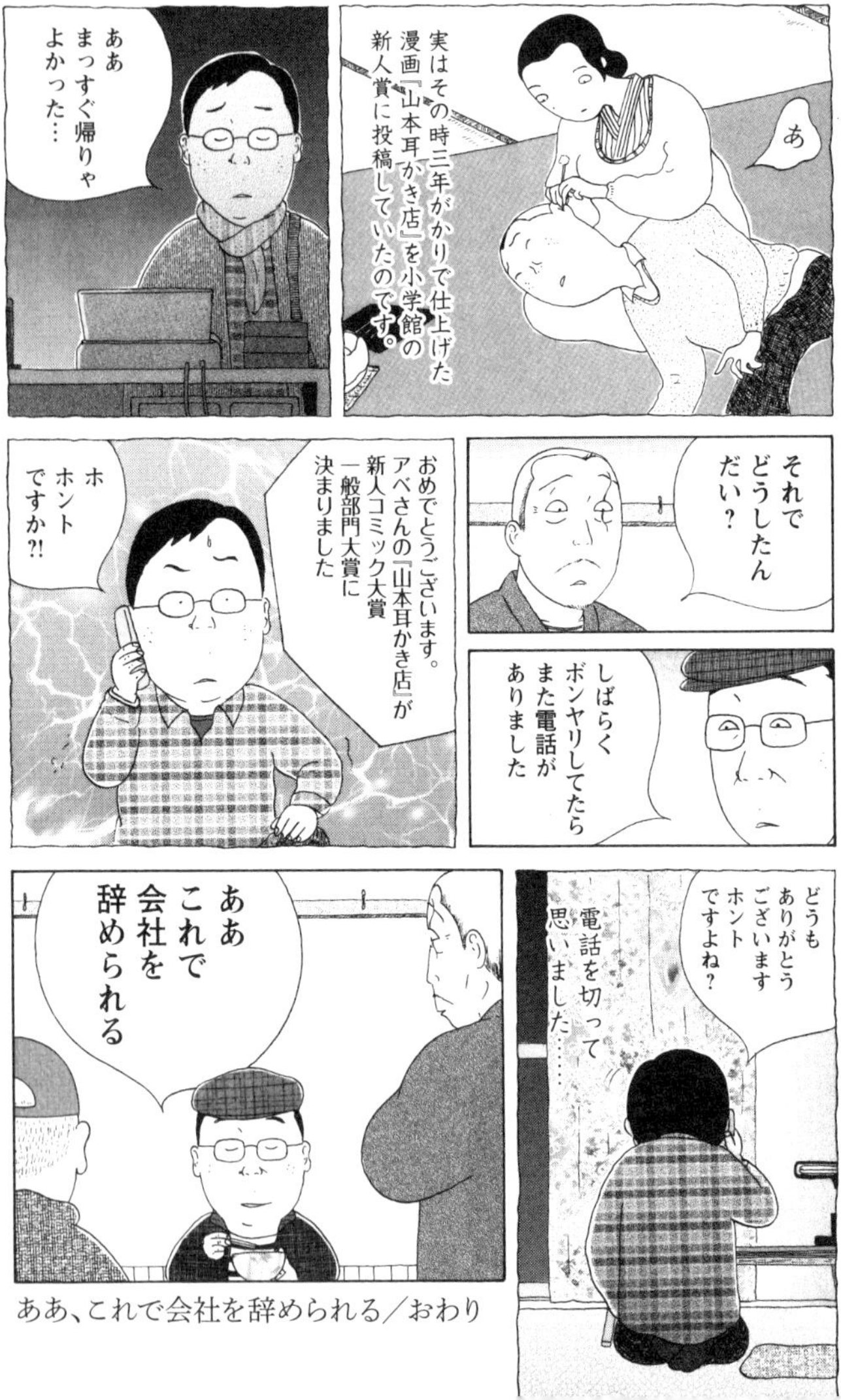

ああ、これで会社を辞められる／おわり

酒の友めしの友

Yaro Abe Presents
Sake no Tomo Meshi no Tomo

ロングインタビュー

なぜボクは四十一歳でデビューしたのか

インタビュー・構成／堀井憲一郎

二〇〇九年二月、早稲田大学漫画研究会時代に安倍の二学年上の先輩だった堀井憲一郎は、荻窪にある安倍夜郎宅を訪れた。大学卒業後、四十一歳にしての遅咲きのデビューを果した安倍だが、なぜそこまで時間がかかったのかを探り、漫研の会報誌『早稲田漫』でインタビュー記事にするためである。

平日の昼下がりに訪れると、安倍はすでに酒宴の用意をしていた。


――え、安倍くん、昼からお酒飲むの。

「プロットが上がったから、飲んでいいんですよ」

というわけで、いきなりビールを飲み始めるところからインタビューは始まった。酒飲んでのインタビューだから、願ってないのに八時間のロングインタビューになってしまったのだ。なんてこった。

――安倍くん、いま、連載はいくつあるの？

「『深夜食堂』だけです。ビッグコミックオリジナル本誌に月二回連載と、増刊号があるので、だいたい平均して月三本くらいの計算になりますね」

――ここで、一人で描いてるんだ。

「人は雇いませんからね」

――独身だしなあ。デビューがいくつのときだっけ。

「四十一歳です。四十歳で受賞したんだけど、デビューって雑誌に載ったときじゃないですか。そのあいだに誕生日を迎えてしまって、デビューは四十一歳です」

――遅いよね。

「そんなつもりはなかったんですけどね。気が付いたらそんな歳になってました」

――異常だよね。

「異常ですか。そんなことはないでしょう。ボクはふつうにやってただけですけど」

――映像関係の会社に勤めてたんだっけ。

「CM制作です。日本天然色映画という会社に就職して、コマーシャル・ディレクターを十九年やって、漫画で大賞を取って、やめたんです」

『深夜食堂』の語り口は作家のデイモン・ラニアンから

――『深夜食堂』は好評ですね。

「おかげさまで、二〇〇六年の増刊号に載って、二〇〇七年からビッグコミックオリジナル本誌で連載になったんです。単行本も今年二〇〇九年に第三集が出ました」

――そういえば、増刊号に載り始めていたころは、こんど載りますので読んでくださいってメールくれたよね。

「そうです。あれね、載るまでいろいろ大変だったんですが、増刊号にいきなり三本載せてもらって、それから本誌にも載るようになって連載にしてもらいました。最初はね、二つ企画を持っていったんですよ。英会話漫画ってのと、『深夜食堂』の二つ」

――なに、英会話漫画って。

「おっさんたちが英会話を勉強するのがいいかなと思って。いや、あの頃英会話がブームだったわけですよ、国からもお金がおりるし」

――あまりおもしろくなさそうだけど。

「え。そうですかね。ま、編集者にも食堂のほうがいいです、と言われたので、『深夜食堂』になったんです。設定はああいうのを考えていたんですけど、あの語り口を思いついたので、描けましたね」

――語り口って、あのマスターが振り返るような語り口ですか。

「はい、そうです。あの、デイモン・ラニアンという人の小説を読んだことはありますか。禁酒法時代の新聞記者だった人で、自分が盲腸になったときに、医者にかかる金が欲しかったので、いままで自分が見聞きしたゴシップを自分なりに

『ブロードウェイの天使』

書いて小説にしたのが始まりらしいんです。ボクは、大学二年くらいのときに文庫本の『ブロードウェイの天使』を生協で買ったんです。その本がおもしろくて、その語り口がいいなと思って、ヒントにして描き始めました。だから『深夜食堂』の最初って、やくざとか、そういうのが多いのは、デイモン・ラニアンの影響なんですよ。禁酒法時代を背景に書かれてるからギャングとか出てくるんですね」

――あ、『深夜食堂』って禁酒法時代が舞台なんだ。

「ちがいますよ。デイモン・ラニアンが禁酒法時代のエピソードを書いてるんで、だから『深夜食堂』の、最初のころにはストリッパーとか、そういうやさぐれた人たちが多いんです」

――食べ物のチョイスが絶妙だよね。あのへんは、かなり絞り込んで考えてるんですか。

「いや、ボクにグルメは描けませんからね。グルメじゃないから、ボクの好きなものを描いてるだけですよ。ちくわ食べますか」

ところで安倍くんが、ちくわにキュウリとチーズを詰め込んだつまみを出してくれる。第三集の最後、第43夜「ちくわ」に出てくる、あのちくわである。

——おー、いいねー、あの漫画、昨晩読んで、すごくこれ食いたくなってコンビニに買いにいったけど、売ってなかったんだよ。高田馬場には深夜食堂がないからな。

「あの話は、最初は違ってたんですね。ネームの前のプロットが終わって、ふうっとしてビールを飲んだときに、あ、と思って、あの、ちくわにキュウリという案がふっと浮かんだんですね。ああ、プロット終わった、明日はこれを出せばいいやと思ってビールを飲んだときです。気持ちが解放されたときに、ああ、ちくわがおもしろいなあと、ふと思ったんです。で、翌日、小学館に行くまでにさっとネームを描いて、結局、こっちになりましたね。気持ちがふあっとしたときに、何かと何かがくっつくんですね」

——いつくっつくの。

「何か知らないときに発想ってくっつくんですね。今日もね、プロットを考えてまして、これはできるなーと思ってたんだけど、全然まとまんないんですよね。別のに変えようと思って変えて、考えて、やっとまとまったんです。いや、ひとつ発想したら、それを捨てて新しいの考えるのって、しんどいですね。なんか自分なりに思い込みがあって、なかなか捨てるのがむずかしい。でも二、三日間考えてできないやつは、変えなきゃだめですねえ」

――そのへんは、意外な展開を求めてるってことですか。

「意外性というよりは、最後はこうなるというのは自分でもだいたいわかってい て、でも途中はどうなっていくんだろうと、次に何がでてくるんだろう、とそれ を自分で考えながらやるのがおもしろいですね。適度な裏切りを入れていって、 それで最後はみなさんが望んでいる方向へ持っていくようにしてますね」

――裏切ろうとはしてるわけだ。

「裏切るというよりか、読んでる人は、次はこうなるだろうと予想しながら読ん でますよね。こうなってこうなるというのを、一段階飛ばすと、それが裏切りに もなるんですよ」

――はあー、まったく別の次元へとねじるんじゃなくて、順序だててすすめない で、ぽんと飛ばすんだ。

「そうです。俳句みたいなもんですよ。そのほうが躍動感もあるし、おもしろいじゃ ないですか。『深夜食堂』って一話が十ページと、ページ数が短いので、こうして こうなった、とは描けないんですよ。だからそういう手法を使うんです」

――みなさんの望んだ方向へ持ってくというのは、つまり哀しい結末とかにはし ないってことでもあるのかな。

「ほんとはね、人を殺したくないんですよ、ええ、でもどうしても死んじゃう人がいるんです。あの縞シャツの男の話ですね（第二集第20夜「トイレの客」）。あれは本当にいつも縞のシャツを着てる人が実在してて、その人をモデルにしたんです。その人がいつもトイレに駆け込む設定にしたんですけど、その人がトイレに入らなくなる。トイレが近い人が出なくなると、それはやはり死にますよ。ははは、いや、作者にもどうにもできませんね」

――『深夜食堂』は人生の深淵に触れてる感じですかね。

「深淵、てそんなたいそうなもんじゃないですよ。人情噺というか、そういうやつです。最初に三つ描いて、ああ、こういうのならどんどん描けるなと思った。ボクは、基本的には、役に立たない漫画がいいんです。そういう漫画を描きたい。細く長くやっていきたいですね」

――連載開始のときに、何本考えてたの。

「連載じゃなくて、最初二〇〇六年の十一月増刊号に載るとき、最初から二本載せてくれるって話だったんですけど、ネームは三本描いて持っていったんですね。それを見せたら、じゃあ全部載せようってことで、いきなり三話載ったんですよ」

――すごいいな。期待されてるじゃん。その時点でいくつも考えてたんだ。

「いえ、その三本だけです」

――うおい。全然ストックなしかよ。

「いや、だからこれだったらたぶんどんどん描けるなと、そのときすでに思ったんですよ」

――なんか、計画的なのか、いきあたりばったりなのかよくわからん人ですな。登場人物の顔なんか、漫研時代に見たような顔も出てくるときがあるんだけど、ああいう顔はどこから持ってくるの。

「ああ、それはタレント名鑑見たり、高校のときのアルバム見たりしますけど、もともとコマーシャルのディレクターでしたからね、コマーシャルに出てくる人をキャスティングするのも仕事だったんですよ。この性格の人だと、この人かなあなんて、考えて、人物は大事ですよね。そういえば、実写だと誰がいいですかね」

――え、映像化の話はあるの？

「いくつか来ていて、いまドラマ化しておかないと似て非なるものを作られるので、一回はやっておいたほうがいい、と言われてます。ドラマですかね。映画ってのもあるのかもしれないけど、実写指向ですけど。堀井さん、誰がいいと思いますか」

――マスターは、おれ、あの人がいいと思う。あの、山田太一のドラマで左官の先輩のー、ほれー、毛利元就の次男役だったかなにかの。

「ああ、はいはい。名前思い出せませんが」

――そうそう、ちりとてちんのお父さん役（堀井の言いたかったのは、松重豊[※1]）。

「それは見てない」

大賞を受賞した『山本耳かき店』で晴れてデビューを果したものの…

――新人賞をもらってから連載開始まで、けっこう時間かかってるよね。

「大賞とったのが、二〇〇三年の秋かな。小学館の新人コミック大賞。で、みんなにお祝いしてもらって」

――あ、そうか。高田馬場のちゃんこ鍋屋でやったやつだ。

「はい。あれが二〇〇三年の冬で、大賞。一〇〇万円もらったんです。ちょうど一〇〇万円くれるんですね」

――並びね。額面は一一万一一一一円ってやつでしょ。

「そうですよ。知らなかった」

――大賞ってなかなか出ないだろ。

「あまり出ませんね。大賞とった人って大成しないって、クボシゲ[※2]さんにも言われましたけど、大賞とる作品ってエッジが立ちすぎてることが多いんですよ。だからそのあと続かない人が多いって」

——耳かきの話でしたね。

「はい。『山本耳かき店』です。いまでこそ、耳かきしてくれる店って出始めましたけど、あれ描いた時点では、そんなお店なかったですからね」

——そうそう、おれ街で実際に見たときに驚いたもん。すぐ、安倍にメールしようと思ったけど、安倍、携帯持ってないからな。教えなかったけど。

「そうなんですよ。いまはすごく増えましたけど」

——あの、風俗店にある耳かき店は、エロいサービスまでやってくれる店なのか。行ってみましたか。

「いや、わからないです。行ってないですよ、ボクは」

——それで連載になったんだっけ。

「連載じゃないですよ。最初に載ったのはビッグコミックオリジナルの二〇〇四年三月ぐらいの本誌です。受賞作掲載というやつですね。次に載ったのは同じ年の八月に出た増刊号（ビッグコミックオリジナル九月増刊号）です。そのあとも増刊号に何回か載せてもらって、四話くらいまで載ったのかな。それで、次の作品も渡して、次の増刊号に載るものだと思ってたら、載らなかったんです」

——なんで載らなかったの。

「編集長が代わったからですね。新しい編集長になって、あまりボクの作品が好きじゃなかったんでしょう。原稿渡したのに載らなくて、それはずっと載らなかったんですけど、二年くらいたってから載りました。ジョージ秋山先生の作品が載らなかったときに、載りました」

——うわー、ダイゲンだ代原。落ちた原稿の穴埋めじゃん。

「そうですよ。その代原のあとにもう一作渡してあるんですが、これはまだ載ってません。三年以上載ってないです。そろそろ載せてくれないかな」

——すげーのん気なこと言ってるけど、たしか、大賞とった直後に会社辞めてたよな。

「辞めました。二〇〇三年の十一月ごろに受賞が決まって、二〇〇四年三月で会社辞めて、漫画専業になりました。

——それで二〇〇四年から二〇〇五年にかけて数作品載っただけで、漫画家をやってたんだ。賞金の一〇〇万円だけで食ってたのか。

「いや、それはもちろんそれ以外にも蓄えはありましたよ。二十年近く働いてたんだから」

——『山本耳かき店』は連載するつもりで、つまり続き物の第一話として描いて

たの。

「それはもちろんそうですよ。だって、当時としてはそんな店もないわけだし、いい感じでしょ。それで続けていけると思ったのに、四話まで載って、次作渡したけど載らない。次はいつ載るのかわからない状態でした」

――うーん、それ、かなりつらい状況だと思うけど。

「つらいでしょうねえ」

――なんで他人事なんだよ。どうしてたの。

「うちにいました」

――うちにいましたって、おまえ。

「いや、『山本耳かき店』を描いてるときに、ボクも耳かき店だけで一生を終えるわけにはいかないんで、新しい漫画も描かなきゃいけないと思ってたから、企画は考えてました」

――企画考えててもねえ。

「あと、自伝の漫画描いてました。漫画を描くのが好きですからねえ」

――のん気だなあ。

「早大漫研五十周年の会とかあったじゃないですか（二〇〇五年秋に開催）。そのとき、一年くらい載ってないころだったから、[※3]佐草さん（漫画家さそうあきら）

からほかの編集部を紹介してやろうかとも言ってもらったんですけど、何でしょうね、ボクのダメなところなのか、いいところなのかよくわかりませんが、行動を起こさないってところがある。ふつうだったら、そこで他の雑誌に掛け合ったりするんでしょうけど、何もしなかった。家で漫画を描いてました」

――すさまじくのんき気だ。漫画家と名乗ってはいるものの、それはフリーターだろ、いや、フリーターでさえなくて、一種のニートみたいなもんじゃないか。

「そのとき、担当編集が、見かねて提案してくれたんですよ。いまビッグコミックオリジナルに載ってない分野は、食と医学だって。いまは『Dr.コトー診療所』とか移ってきましたけど、当時はなかった。食か医学かって言われたから、そりゃ食でしょう」

――いやー、医学を勉強して描けばいいじゃん。深夜しか開いてない深夜医療とか。

「いやですよ、そんな漫画。それで、深夜食堂の企画を出して、載ったんですよ」

――大賞受賞しただけでは漫画家の道は開けていなかったのか。よく生活できたな。

「堀井さんは学生のときからそうでしたけど、稼いで使う人でしょ。ボクはそんなに使いませんから。会社を辞めるときに、このままつましく生活すれば五、六年くらいは生きていけるくらいは用意してたので。まあ、要は嫁をもらわないことですよ。四十歳で嫁と子供がいたら、会社を辞められませんよ」

――嫁だけなら辞める人もいるだろうけど、子供がいたら確かにダメだろうな。

「結婚したら、二十四時間は自分のために使えなくなるわけですよ。子供ができるともっと使えないんですよ」

――そんな自慢げに説明してもらわなくてもいいけど。受賞作の連作がいきなり打ち切られて、不安じゃなかったのか。

「打ち切られたわけじゃないですよ。渡してる原稿が載らなくなっただけで」

――それを打ち切りって言うんだよ。というか、毎回、増刊号に載るって約束をしてたのか。

「いや、何というか、暗黙の了解でそうだったんですけど、編集長が代わって載らなくなったんです」

――ま、雑誌は編集長のものだからな。でも仕事がなくなったんだろ。

「いや、何でなにもしてなかったんでしょうねえ。すごく漫画に自信があったのかというと、そうでもないし。なんか、よくわからないですね」

――小学館の新人コミック大賞を取って、会社やめて、一年経ったら無職状態か。

「漫画雑誌とか見てて、これならおれでもいけるだろうと思って、そのとおり大賞を取れて、それでうまくやってけると思ったけど、そううまくはいきませんでしたね」

——不安だろ。

「それが不思議とそうでもなくて。何ででしょうね、ボクは基本的には石橋を叩いても渡らない男なんだけど、あの時は別に何の不安も感じてませんでしたね」

——二〇〇三年に大賞取って、二〇〇四年春に載ってしばらく順調だったけど、二〇〇五年から二〇〇六年にかけては、ただ、うちにいたというだけになっていた。二〇〇六年暮れに始まった『深夜食堂』は起死回生の一打じゃん。

四コマ漫画と三コマ漫画をひたすら描き続けていた頃

——そもそも、新人コミック大賞を取るまでなんでそんな時間がかかったの。

「そんな簡単にデビューできたら、苦労しませんよ。でもね、その前にも投稿してるんです」

——え、いつ？

「ほんとはね、二十世紀中にデビューしようともくろんでいたんですよ」

——もくろむねえ。

「それで四コマ漫画を一〇〇枚くらい描いてたので、その……」

——ちょっと待った。四コマ漫画を一〇〇枚って何だ。四〇〇コマか。

「足さなくていいですよ。四コマ漫画でデビューしたかったんですよ。それを、講談社の四季賞だったかな、応募したんですけど、通らなかったんですね」

——通らなかったって、それはかすりもしなかったのか。

「かすらなかったですね」

——なぜ？

「なぜって、そりゃ、おもしろくないからでしょう。いやボクはおもしろくないとは思ってないけど。はは。だから次は講談社じゃなくて小学館に出そうと『山本耳かき店』を出したんですよ」

——四〇〇コマ漫画はだめだろ。

「一〇〇枚も出してませんよ。描いてたのが一〇〇枚なだけで、そこから選んで応募しました」

——なんで四コマなの。

「それはね、コマーシャル制作の仕事中にいいキャラクターを思いついたんですよ。それで描いて、たまったんで応募しました。四コマって描くのに時間がかからないし、広告やってたからか、あまり四コマ描くのに労力使わない感じだったので、なんか少し軽く考えてたところがありますね」

——それが二十世紀の話なのか。

「そうです、落ちたのが一九九九年かな。それから『山本耳かき店』を描いたり、あと、三コマ漫画もまた一〇〇枚くらい描いて」

——ちょっと待って、三コマ漫画って何なの。

「三コマ漫画は、文化庁のメディア芸術祭っていうのがあって、あの、さそうあきら先生が先日受賞されたやつですよ。あれには一般部門があって、一般からも応募できるんですよ。賞は取れないけど、推薦作品に選ばれることがあるんです。それに選ばれた」

——また、一〇〇枚ってのも意味わからんが、それは選ばれたのね。

「はい。二〇〇三年の文化庁芸術祭の漫画の一般部門だか何だかの推薦作品です。たぶんインターネットでも見られるんじゃないかな」

——で、三コマって何なの。

「いや、だから描いたら三コマにしかならなかったんですよ」

——何だよそりゃ。落ちを早く言い過ぎなんじゃないのか。

「ムームーっていう、顔に足だけついてるキャラクターを思いついたんですね。それで三コマ漫画を描いて、それに色を塗ったんです。色を塗るともう応募するところがあまりなくて、だから文化庁に出してみたんです」

——そのキャラクターは売り出したかったのか。

「そうですね。それを狙ってたんですけど、全然相手にしてくれませんでしたね。でも、一つのキャラクターで一〇〇枚描くのは、才能がないとなかなか描けませんよ」

——そうかもしんないけど、かわいいのかそれ。

「描きましょうか」

と、安倍くん、ノートにムームーを描いてくれた。堀井、爆笑。

「これはまあ習作みたいなもんですよ。描きたいから描いたってことで、どんどんアイデアを思いついてしまうわけです。それで一〇〇枚描こうと決めて」

——また、何で一〇〇枚なの。

「いえ、意味はないですけど、一つのキャラクターで一〇〇枚描こうと決めたんです。漫画賞に出したのは、ウサギです。ウサギ五羽が並んでるの。これは『ラビッツカンカン』てタイトルで、一〇〇枚描いて、そのあとこのムームーで一〇〇枚描きました。とにかく一キャラクターで一〇〇枚ですよ。ああ、描いたら描ける

『ムームー』

もんだなあと思いましたよ」

――そのへんが、ある種、異常ではあるな。

「んー。でも、これが売れてくれれば会社は辞められるなあ、とはちょっと思ってました」

――三十代のときの習作だよな。それで、何か鍛えられたか。

「いえ、別に何も鍛えられないですよ。ただ自分の力がわかった気はしました。つまり、描く気になれば、相当描けるなと、どんどんアイデアは出てくるんだなと思いました」

――笑える四コマなのか。

「何言ってるんですか。笑えない四コマって、ボクらのころはなかったですから、一応、笑えるはずですけど。でも、セリフなしなんです」

――え、セリフがないの。無音なの。海外で読ませるため?

「いや、そんなことは考えてないですけど、でもボクは言葉がない漫画が好きなんですよ」

――そういう静かな世界が好きなのか。

「そうかもしれませんね。なんか、少年漫画なんかの、とがったセリフが苦手なんですよ」

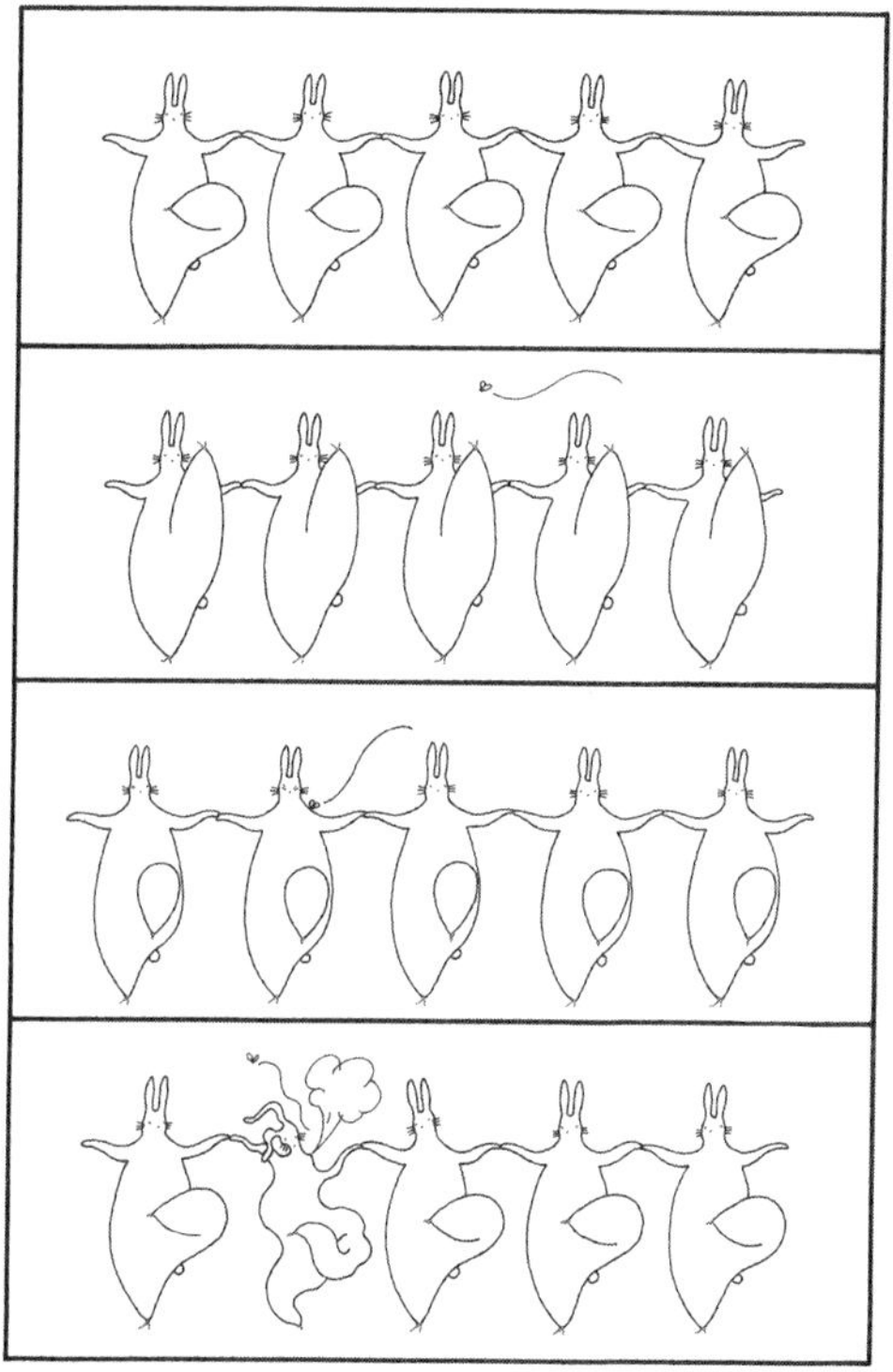

『ラビッツカンカン』

——説明過剰がいやなんじゃ……。

「あー、それはあるかもしれないですね。あと、若いころ描いた漫画もセリフが少ないですけど、それは若いころは、人間を描く自信がなかったからじゃないでしょうか。つまり、その人間の深みまで描けないのが怖くて、セリフを少なくしたってところはありますね」

五回も描き直した『山本耳かき店』。
安倍ロ－マは一日にしてならず

——それにしても、最初の投稿で落ちてから、小学館で賞を取るまでに数年あるね。

「それは『山本耳かき店』をずっと描いてたんですよ。三年くらいずっと描いてました」

——なにそれ。

「何回も描き直していたんですよ」

——三年も描いてたのか。

「そうです。講談社に投稿して落選したときに、すごく落ち込むんですよ」

——そりゃ落ち込むわな。

「うあーっと落ち込んで、あーっと脱力して、しばらく描けないんですね。そのあと、まあ、アイデアはいくつもあるから、じゃあ描こうと思って描き始めたんです」

――それが『山本耳かき店』。

「はい。全部で三十二ページの漫画でしたけど、多いところで五回くらい描き直しました。同じ絵を何回も描き直したこともあります。線が気に入らなくて、前の絵をトレースして、線をきれいに描き直すとか」

――え、同じ絵を繰り返し描き直してたのか。

「いや、それだけじゃないですよ。コマを描き直したり。そのときわかったのは、絵がうまく描けないときって、やっぱりそのアングルに何か問題があるんですよ。だからコマ割りを変えたりして、描き直すんですすよ」

――じゃあ、コマがずれていくのか。

「いや、漫画は見開き単位で考えないといけないから、ずれてはいけませんよ。ボクはコマーシャルを作ってたから、コマをどう動かせばいいかとかは考えられるんです。漫画は、見開き単位でどうすれば効果的かということを考えないといけないわけで、ここで終わらせないと、次、このシーンを持ってこれない、ということはあるわけで、コマーシャルやってたぶん、コマ割りというよりも、カット割りの感じに近いですね」

——そんなことを考えて描き直しを繰り返したわけか。

「三十二ページの作品でしたからね、最初から描いてると、最後のほうは絵がうまくなってるんですよ。つまり、一ページめと最終ページでは絵が変わってしまってるんです」

——はあー、なるほど。

「なので、最初のほうからまた描いていくんですね。で、進めていくと、また絵がうまくなっちゃって。うははは」

——ははは、また描き直す。

「そうです。その繰り返しで、多いところは五回描いて」

——一回しか描かなかったところはあるの？

「それはないですね」

——それは何年から描いて何年までかかったの。

「ここに引っ越す前から描き出して、ここに引っ越してから描き終えたんですよ」

——わっかんないよ。いつ引っ越したのか知らないよ。

「一九九九年から二〇〇三年くらいまで、ですかね」

——つまり二十一世紀になってしまい、貿易センタービルが崩れても描き続けて

いたわけか。すごいな。これで大丈夫だという自信作になったのか。

「自信作というかね、もうこれ以上は描けないってまで描きましたね。いまはこれまでしか描けないって」

——限界まで描いたってことか。

「そうです。限界まで描きましたね」

——それで大賞とって一〇〇万円って、なんかいい話じゃないか。

「いやいや、ローマは一日にしてならず、ってやつですよ」

——うっ。ださっ。そんなまとめかたしてたら、そのうち痛い目に遭うぞ。

広告会社に就職後、創作意欲が再燃。自伝漫画を描き始める

——でも連載一本だけで、不安じゃないのか。

「何本も描けないですよ。描けるんだったらそれにこしたことないですど」

——『深夜食堂』がメインだとして、サブにもう一本くらい連載持ってもいいんじゃないのか。

「でも、いまはいっぱいいっぱいなんですよ。もう少し余裕ができてからにして

もらえませんか」

——ま、おれが頼んでるんじゃないからいいんだけどな。

「でも、ひとつ当たると、同じ切り口で同じようなものを求められるでしょ。それがつらいんですよね」

——なにいってんだよ。売り物があるってのはクリエイターにとって勲章なんだよ。同じものを繰り返し求められて、それにいやがらずに応えるのがプロなんだよ。

「そうですかー。ラズウェル細木[※4]さんなんか、同じ分野でいっぱい描いてますもんねえ」

——習作というか、練習のように描いてたのは、どれぐらいあるの。

「五〇〇から六〇〇ページくらいですかねえ」

——すごい量だな。

「自伝漫画を描いてたんですね。三十から四十ページくらいのを四本。それからストーリー漫画を三編から四編。あと、さっき言った四コマ漫画を一〇〇枚ずつ、三作かな。それで五〇〇枚くらいになりますかね」

——執念だな。

「執念じゃないですよ。習作なんだもん。描きながら自分で描き方を勉強してるのも好きなんですよ。好きで描いてるだけです。それに、ぱぱっと描いて、ぱぱっと漫画家になれるんだったら、誰だってなりますよ」

――おれはならない。

「堀井さんの性格は漫画には向いてません」

――言い切らなくていいよ。自分のアイデアを何回も繰り返し読まなきゃいけないのが、おれには耐えられないんだよ。でも、十数年、描き続けるパワーがすごいと思う。

「いや、パワーじゃなくて、ボクにとってはあたりまえのことをやってただけって感じです」

――でも最初から四十デビューをめざしてたわけじゃないでしょ。

「それはね、早くデビューしたかったけど、たとえば三十代のときに描いていた自伝漫画を投稿してたら、たぶん、佳作とか、一番下くらいには入ってたかもしれない。でも、それでデビューする気はなかったです」

――投稿しなかったんだ。

「してません。いま、私小説的な漫画、エッセイぽい漫画ってけっこうありますよね。漫画家として世に出ていくときに、あれを最初にやると、あとが続かない気がしたんですね。だから投稿しなかったです」

――ずっとプロの漫画家になりたかったのか。

「ずっというと、うーん、どうですかね。なりたかったですけどね」

――就職はきちんとしたんだっけ。四年で卒業したんだっけ。

「そうです。現役で大学に入って、四年で卒業して、きちんと就職しました」

――おそろしく真面目だな。

「いやー、堀井さんところみたいにうちは裕福じゃなかったから」

――あのね、いちいち、おれとはちがってって言わなくていいから。おれらのころだって卒業して就職しないで漫画家を目指すって人はいろいただろ。でも就職したんだよな。

「親を心配させたくなかったから」

――おー、優等生な答えだな。そのときは心配しないだろうけど、でもいまは心配していないのか。

「いまは大喜びですよ」

――漫画が売れてるのは喜ぶだろうけど、結婚してないことを心配しない親はないだろ。

「いえ、親が大病したときにきちんと看病したから、いまはもう心配してないですよ」

――なわけないだろ。言えなくなってるだけだ。心配してるに決まってるって。

「いえいえ、大丈夫です。堀井さんはどうなんですか」

——おまえが質問しなくていいんだよ。

「斬られたら斬り返さないと」

——いいよ返さなくて。とにかくきちんと就職したんだ。なんでコマーシャルだったんだ。

「あー、それはね、ボクらのころ、みんな出版社に勤めようとしてたでしょう。ボクはやはり漫画家になりたかったんで、出版側にまわってもしかたないだろうと思ってました。自分はものを作りたいわけだから、当時は広告のほうが作るのに近いって思ったから、広告に入ったんです。絵コンテの試験もあったんで、クリエイターの枠で入ったんですね」

——そういえば、バブルのころか。

「会社に入ってからはバブルでしたね」

——バブルで入ったのか、そうか、バブルね。

「ちがいますよ。ボクはきちんとディレクターになる試験を通ったんですよ。堀井さんは、ボクがバブルで通ったと思ってるんですか。ちがいます。三〇〇人以上の中で一人だけ通ったんだから」

——えーっ、なんか優秀じゃん。

「優秀だったんですよ。おそらく絵コンテを描くのは優秀だったんじゃないんですか」

——で、**就職してもずっと漫画を描いてたの。**

「いや、会社に入って二年くらいは仕事を覚えるので精一杯ですよ。入って一年だけアシスタントディレクターをやって、二年目からディレクターとしてコマーシャルを作ってましたからね」

——**えーっ、一年で。そりゃまた無茶だな。**

「そういうシステムだったんですよ。だから必死でやりました。二年くらいして仕事を覚えると、今度は仕事がおもしろくなってきて、気づくと五年くらいは仕事をずっとやってました」

——**バブル時代の広告屋だからな。バブル最前線だな。**

「いえ、会社勤めの人はそうだったかもしれませんが」

——**おまえも会社勤めだろ。**

「だから、営業とかそういうほうですよ。ボクは制作だし、ほとんど関係なかったですよ。そうですね、あの一袋千円のインスタントラーメンとか売ってたでしょ」

——**あー、そういやそういう馬鹿馬鹿しいものを売ってたな。**

「あれくらいは買いましたよ。ボクにとってのバブルってのは、あの千円の袋麺ですね」

——漫画を再び描き始めたのはいつからなの。

「五年目くらい。二十七歳のときからかな」

——急に描いたのか。

「コマーシャルを作ってるかぎりは、創作本能みたいなものは満たされるんですね。コマーシャルが忙しいと満たされる。でも一本終わって一段落つくと、その創作本能をどこへ持っていっていいかわからなくなるんです。それで漫画を描いていたってところはありますね」

——五年で仕事に慣れて来たからってことか。

「それもあるでしょうね。どうしてもモノを創りたいのに仕事が来てないときは、どこにも持っていきようがなかったってことですね。だから、仕事の合間合間に漫画を描いていただけなんで、別に苦節二十年、という感じじゃないんですよ」

——二十七歳から描き出して、いつプロデビューするつもりだったんだ。

「まさか四十になるとは思ってませんでしたね。三十五くらいか、遅くとも三十代に出たいと思ってました」

——二十七のときに描いたのは何なの。

「『生まれたときから下手糞』って自伝漫画で、このタイトルを思いついて描き出したんです。自分の話でもあるし、父親も似たように生き方が下手だなあと思って。父と自分の話なんです。それを描き始めました」

——それをただ描いてたの。

「あの、酒場[※5]ゼミをやったんです。漫画を描き上げると同学年の連中を呼んで、酒場に集まって、読んで感想を言ってもらいました。他にも漫画を描いてきた人もいましたね」

——でも、コマーシャルの仕事もおもしろそうだよね。そのころ、コマーシャルの世界で生きていくのか、漫画家を真剣に目指すのかって、迷わなかったの。

「うーん。たしかに最初はコマーシャルの世界か漫画家か、半々くらいの気持ちでしたね。でもやってると、広告の仕事って、そんなに思いどおりにはできないんですよ」

——コマーシャル・ディレクターとして、きちんと仕事をしてたんでしょ。

「そりゃやってますけど。ディレクターとして売れてたら、ボクも漫画を描いてませんよ」

——社員なのに、仕事量が違うのか。

「そうですよ、指名できますから、いっぱい仕事する人はいっぱい給料ももらえますし。それにね、時代が徐々に変わっていって、広報戦略の一端を担ってくるようになってくると、いくら面白いコンテを描いても、戦略と合わないとだめだし、代理店の人がいても、その向こうにスポンサーがいるわけで、そうそう自分のクリエイティブさが発揮されないいんです」

――むこうの意向のものを創らされるということか。

「そうですね。裁量権のある人がいて、その人にクリエイティブな才能があればいいですけど、そうでもないんですよ。どんな会社でも、クリエイティブな才能のある人ってまず二割を切るくらいですね。そのことに気づくとどんどん嫌になってきますね。途中から、どうせそんなにクリエイティブなもの考えても通らないんだし、と思ってくると、厳しいんですよ」

――どんなコマーシャルを作ってたの。

「そりゃいろいろ作ってましたよ。とりあえず二十年いたんだから。有名じゃないのばかりですよ」

――でもコマーシャルなんだから、何かインパクトのあるものを作ろうとしてたんでしょ。

「そう思うでしょ。ところが裁量権を持ってる人が、みんなそう考えないんですよ。インパクトよりも文句の出ないもの。その繰り返しですよ」

――みんなそうなの。

「よそさんでインパクトのあるコマーシャルが出たりするでしょ。あれみたいなのやってよ、と言われるわけですよ。で、その方向で持っていくと、いやあ、うちではここまではできません、と言われてしまう。もう、ほんとにその繰り返しで、そうなってくると、あんなのやってよと言われても、どうせこのへんに落ち着くだろうってのを用意してしまうわけでね。その繰り返しでしたよ」

――うーん、たしかにちょっとそれはつらい状況だな。

「最初は、これが苦行かと思うわけですよ。これをクリアすると一流のクリエイターになれるのかなと思って若いころは頑張る。でもそのうち、あ、いつものことかって思ってしまって、このへんでというコツがつかめてきて、あるところまではそれでも成長してるって思ってたんですけど、でも途中からそういう感じじゃなくなった。クリエイターの仕事という感じじゃなくなってきた。それは広告の流れもそうだし、会社がそうなっていったし、世間がそういう流れになっていったという、いろんな要素があったと思いますけどね」

CM制作の絵コンテ割りが
漫画にも生かされている

――でも、コマーシャルをやってたのは漫画を描くのに役立ってるんでしょ。

「そうです。役に立ったのはカット割りですね。コマーシャルを作るときには絵コンテを切りますからね、そのとき一つのコマでも秒数が同じじゃないから、長い短いがあるんで、それを小さく描いたり大きく描いたりして、コマの流れを描くんですね。それで説明するわけで、そういうのは勉強になりました」

――絵コンテを自分で描いて、それを現場で安倍くんが撮るの？

「そうですよ。だから、同じ動作で撮影するにしてもロングで撮るのかアップで撮るのかがあるし、喋ってる人を右から撮るか左から撮るか、それをどう絵コンテで描くか、そういうのをコマーシャル作りながら覚えていった感じですね」

――でも絵コンテと、漫画のコマの流れって、似てるけど、違うもんじゃないの。

「違いますけど、漫画でいうところの大きなコマっていうのは、コマーシャルの秒数の長いコマだと思うんですよ。あと、コマの横の流れは速くて、縦の流れはもう少し時間がある。コマの切り方を斜めにすると少し早くなる」

――え？　絵コンテでコマを斜めに切るの。

「いや、漫画のコマですよ。漫画を描くときに、ボクは映像の編集のつもりで描いてるから。ここを短いようにとんとんと読んでもらいたいときに、こう、斜めのコマを描くんですね。読んでる人はさくっと読んでくれてるだろうという、そこに乗っかって、意識的にそういうふうに描くんです」

——斜めに描くとなんでスピードが出るの？

「そこまでは考えてないですけど。でも、みんなそう読んでくれると思うんです」

——コマーシャルの絵コンテを切るときは完成するのが映像だから時間が違うのは明確だけど、漫画は読んでる人が自分の中で時間をコントロールしている。それを作者の側から時間をコントロールする方法として、コマの形や流れがある、それをコマーシャル仕事で学んだってことなのか。

「そうですね。それは二十七になって自伝漫画を描きだしたときに、あ、大学時代に描いてた漫画とコマ割りが変わったなと、自分でわかったんですね。そのとき意識して変えたんじゃなくて、あとで理屈を考えたらそういうことだったたってことです」

——自分の時間感覚を絵で表せるようになったってことだ。

「そうですね。学生のときは深く考えずに前から順に描いてた感じでした」

——てことは、もともと自分の感覚で描いていたものが、コマーシャルの仕事を

経て、読む人の気持ちを反映しだした、てことなのかな。

「コマーシャルはとにかくわかりやすいものを作らないと仕事にならないので、これを伝えるためにはどうしたらいいか、どういうふうなことをやればいいかということを学んだんで、漫画のコマ割りも変わってきたし、構成も変わったんです」

——つまり、客の立場でものを作れるようになったってことだ。そこに立てば、もうプロまで近いじゃん。

「そうなんですよ」

——会社勤めが安倍くんの場合はすごく役に立ったわけだ。

「でもね、みんながそんなに遠回りする必要はなくて、漫画家になるためにわざわざ十年ほかのことをやる必要はないわけですよ。早くなれるにこしたことはないわけですよ。ボクはそんな能力がなかったから、それだけ掛かったってだけですからね」

——そういえば、あまり漫画を読んでないんだよね。

「子供のころからほとんど、漫画を読んでませんね。雑誌も買ってないし。そもそも、小学館に応募したのも録音スタジオに置いてあった雑誌を見たからです」

——録音スタジオって。

「コマーシャルの音入れって、すごく時間を食うんですよ。だから誰かが持ってきた漫画雑誌を見ていたら、そこに新人コミック大賞募集ってあったんで、それをメモして、応募したんですよ」

——買えよ。小学館の雑誌をまったく買いもせずに、小学館の一一一万円をもらったのか。ふてえやつだな。

「漫画を読む習慣がないんですよ」

——不思議な漫画家だな。それで青年誌に応募しようとしたのか。

「いや、青年じゃなくて、大人部門ですよ。成人だっけかな。ボクが青年誌なわけないじゃないですか。堀井さんはむかしからずっと青年ですけど、ボクは昔からおじさんぽかったですからね」

——いちいちおれと比較しなくていいのよ。なんか、青年であることをすごくいやがってたような気配があるよな。

「堀井さんみたいにもてませんでしたからね」

——なんかすごくおまえは恨みを含んでいるのか。

「いや、そんなことはありませんよ」

——おまえの下宿の廊下に消火器を撒いたことをまだ恨んでるのか。あれは一度だけだろ。

「一度で充分ですよ。ほんとにもう、あれはおぼえてますか、堀井さんの好きだった京子ちゃんをボクがラーメンに誘って先に帰っちゃったから、逆上して撒いたんですよ」

――ちがうぞ安倍、あれはそういうことではなくて、なんだ、その、もっと正義の理由からだ。

「ちがいませんよ。なにいってんですか。正義の理由って何ですか」

――なんか、おまえがいけなかったからだ。そうだ。おまえ、不便なところに住んでるくせに、電話を引いてなかったただろ。だから消火器を撒いて、その白いのがつもったあとに、指で「連絡せよ　ホリイ」と書いていったんじゃないか。いまだにおまえは携帯電話を持たないし、いけないことだ。

「電話を引かないだけで、消火器を撒いてたら、地球の半分は白くなりますよ。そういえば、堀井さんの家に行くと、部屋の中にトイレがありましたよね。驚きましたよ」

――トイレはあるだろ。京ちゃんの部屋にもあったぞ。

「知りませんそんなこと。あの時代は、トイレ共同、台所共同、玄関も共同で二万円ってのがふつうでしたよ」

――それはひと時代前だよ。安倍は好んでそういうわびしい部屋に住んでたの。おまえが標準じゃないと思うぞ。電話も引いてる人が多かったし。

「就職活動で電話が必要だって噂を聞いて、ボクも引きました」

——噂で聞いてるってのが、土佐の、高知の人みたいだな。

小学生で「ガロ」を愛読、高校では漫研を創設し、早稲田の漫研へ

「でもディレクターの仕事って、大人数の人をある方向にまとめて向けていく仕事なんですよね。大将になってやる仕事。ボクはそういうの本来、向いてないと思うんですけど」

——うん。向いてないね。

「できないことはないけど、根本的なところで向いてないから、そういう部分は出てくるんですね。だから小学館の賞を取った瞬間に、あ、辞めようと思ったんですね」

——そもそも、子供のときから漫画家になりたかったのか。

「いやあ、田舎の子でしたからね、なりたいと思ってましたけど、なれるとは思ってませんでした。ただ自分の創作の発露が漫画だろうなという気持ちはありました」

――漫画を読んでないのにか。

「そうですね。だから、小学校の高学年のときに四コマ漫画を描いてました。漫画雑誌を読んでないから、描いてたのは一コマ漫画とか四コマ漫画です。いまだに漫画読みませんもの」

――え、ビッグコミックオリジナルも読まないの。

「それはさすがに読みますよ。でも少女漫画とか、いまだにどう読んでいいのか、コマの流れがまったくわかりません」

――でもまったく漫画に触れずにいきなり漫画が描けたら異常だよ。何か読んでたんだろ。

「それは滝田ゆうとか、あとつげ義春とかですよ」

――えっ。小学生なのに、滝田ゆうなの。

「当時、滝田ゆうってテレビによく出てたでしょう。滝田ゆうの絵も使われていたし。あの絵が好きだったんですよ。滝田ゆう関係で本を読んでいると、あと、つげ義春という人がいるとか、知るわけですよ。ガロっていう雑誌があるってことで、本屋に頼んで取り寄せてもらって読んでました」

――なにー、小学生がガロを取り寄せて読んでたの。

「そうです」

——おまえ、高知の中村だろ。そんなところにガロが届くのかよ。

「届きますよ」

——ガロにとってそれは流刑だな。

「無茶苦茶言わないでください。平安時代じゃないんだから。それで、ボクが中学くらいですか、小学館から漫画文庫ってのが出て、それにつげ義春が入っていて『赤い花』とか『ねじ式』とか読めるようになったんですよ」

——あー、小学館の文庫、そうそう。あれ、おれが高校卒業するころだから、一九七六年かな、創刊されて、そういえばおれ全部買ってそろえてたよ。すごく渋いラインナップだったよな。辰巳ヨシヒロとかも、おれあれで初めて読んだもん。

「あとは奇想天外文庫のモンキー・パンチとか、わりと渋めの漫画が好きでした」

——もう、早稲田の漫研に来るしかないタイプだなあ。

「でしょ」

——ずっと描いてたの？

「黒鉄ヒロシさんの漫画とか好きだったんですよ。黒鉄さんってＮＨＫの『天下御免』のタイトルバックを描いてたんですよ。あと、『クイズダービー』とかも出ていて」

——あ、はらたいらが出ないときは黒鉄ヒロシが出てたよなあ。

「どちらも高知出身なんですね。好きでしたね。中学のときはその流れで高知新聞の一コマ漫画に投稿したりしました」

──おー、新聞に投稿。辰巳ヨシヒロみたいだ。載ったの。

「載りました」

──それで漫画家になれると思っちゃったんだ。

「思いませんよ。思わないですよ。ふつうそんなので思わないですよね。どう？」

──おれ、中学んときに漫画家になろうと思ってたよ。

「堀井さんみたいな性格の人はそうかもしれませんけどね」

──なんか馬鹿にされてる気分がする。

「いやいや、ボクみたいな引きぎみの性格の人間は、なりたいけどなれないだろうな、とそう考えるんですよ。ポジティブ人間とネガティブ人間の違いで、なりたいけど、どうせなれないだろうなって感じで」

──ふーん。なんか謙虚な感じで日本人受けしそうなコメントだよな。おれはどうせアフリカ向けだよ。で、ストーリーのあるような漫画は描かなかったの？

「描いてないです、全然」

──中学の時は何部？

「社会部です」

——社会部って、何よ、地元の血なまぐさい事件とかを追うのか。

「ちがいますよ。郷土の歴史とかをやるんです」

——郷土。ほほー。土佐の中村の郷土か。高知市じゃないところが渋いよな。どんなことがわかりましたか。

「地元の偉人のことなんかがわかりました」

——だれ？

「幸徳秋水とかね。中村の偉人です」

——うーん、伝次郎幸徳秋水か。大逆事件だからなあ。ちょっと暗いなあ。

「高校では漫研作ったんですよ」

——え、安倍が作ったの。何高校？

「中村高校です」

——お、名門！　高知県で何番？

「当時、地元じゃ公立で二番だって言ってましたが、ホントかどうか定かでないです。そこで漫研を作ったんです」

——一人で？

「一人で作れませんよ。数人で作ったんです。実は中村高校の漫画研究会からはプロの漫画家が四人出てるんですよ」

——え、そうなの。名門じゃん。誰が出てるの。

「まずボクでしょ」

——ボクからかよ。

「あと、ボクの後に部長を継いでくれたアダルト系の漫画描いている飛龍乱[※6]くん、それから井上淳哉[※7]くんと森山大輔[※8]くん」

——安倍は二人を直接に知ってるの。

「いえ、全然知りません。十学年くらい下だと思います」

——学年は下だけど、デビューは向うのほうが早いだろ。

「そうそう。そうです」

——安倍のころは高校の漫研って活動してたのか。

「してましたよ。ボクは黒鉄ヒロシの影響を受けたような漫画を描いてまして、ナンセンス漫画っていうんですか、四コマじゃないけど、一ページとか二ページで終わるような漫画です。ほかにストーリー漫画みたいなのを描いてる人もいたし」

——同人誌を出してたのか。

「そんな印刷技術はなかったですからね。だから会議室みたいな部屋を借りて、絵を張ってというような活動です」

——土佐だから、合宿して、大酒を飲んで、それで未来を語り合ったりしたんだよな。

「飲みません。合宿もしませんせん」

——えーっ、おれ、高校の落研で合宿して、夜やることないから大酒飲んでたぜ。

「それは堀井さんは京都という都会だからですよ」

——いやいやいやー、酒は土佐のほうが飲むだろ。みんな飲んでつぶれてるだろ。

「海のそばは飲んだでしょうけど、あと、下宿生はいろいろあったみたいだけど、ボクらはまじめでしたよ」

——おもしろくない。

「おもしろがらせるために高校いってるわけじゃないですよ。それでね、漫研作ったあと、歯医者で『フリテンくん』を読んだんですよ。植田まさしの」

——歯医者でね。ほんとに漫画を買わないのね。

「買わないですね。植田さんがブームになる少し前ですかね。その歯医者で『フリテンくん』を見て、すっごいおもしろかったんですよ」

——そうそう。当時の植田まさしって画期的におもしろかったよな。

「そうです。おもしろかった。読んだ瞬間に『え————っ』って思って、こんな四コマ描けないやと思って、四コマ漫画、やめたんですよ」

――えっ。四コマ、やめた？

「はい。やめました」

――あっさりしてるっていうか何ていうか。

「それで何を描いていいか、わからなくなったんですね」

――その時点で、プロの漫画家になりたいと意識してましたか。

「まだ漫画家なんて思ってませんよ。大学に行こう、東京に行かなければと思ってただけですよ」

――でも東京なんだ。

「漫画家になるには東京に行かなきゃいけないと思ってたんですね」

――漫画家になりたいんじゃん。

「いやまあ、田舎のぼーっとした子ですからね。とりあえず東京とは思ってました。そのためには早稲田の漫研だろうと」

――なんで早稲田の漫研なの。

「うーん。何でなんでしょう。いまとなってはよくわからないなあ。それは田舎だったからでしょうね。情報がないから、漫画研究会というと早稲田が有名だから、早稲田にしか漫研がないと思ってた節がありますね」

――当時の漫研はまだ弘兼憲史さんも有名じゃないころだから。

「そうです。園山俊二さん、福地泡介さん、東海林さだおさんとか、ボクの目指してたのはそっちの方向の漫画でしたから」

——そうか。そうだな。安倍くんはつまり、漫研に入るために早稲田に入ったのか。

「ほとんどそうですね」

——すぐ漫研に入ったの。

「すぐ入りましたよ。だってオリエンテーション行ったじゃないですか」

——覚えてないよ。いっぱい一年なんて来るんだから。

「コートを着てったら、受けてましたよ」

——うーん、覚えてない。どんな芸をやってた。

「いや、歌を歌っただけです。おもしろくも何ともない」

——目立った芸をやらないと覚えないよ。当時はそうだった。

「そうでしたねー。いまはもう芸とかやらせないんですか」

——やらせるわけないだろ。新歓コンパで新入生に自己紹介に続いて、何か芸をやれって言ったら、泣き出すぜ。キレたりしてな。

「無茶やってましたね」

——芸やらない一年には、ほんとにいろんなもの投げつけてたからな。ま、食べ物ですけど。ちくわとか、かまぼことか、投げても害のなさそうなもの。天ぷら

はもったいないから投げない。で、安倍は、早大漫研に入って、どうだったの。

「いやあ、よかったですね。ボクがいままで所属した集団で、いちばん居心地がよかったですね。当時の漫研は、ほんと才能ある人がいっぱいでしたよね。堀井さんは漫画描かないのに何でいるのかわからなかったけど、すごい存在感はあるし。さそうさんもいるし、才能ある人ばかりで、みんな話がおもしろいし。いろいろわかって話が通じるみたいな感じでした」

――町山[※9]とも話は合ったの。

「いやー、町山くんが喋ってるのは、すごく早くて、ボクにはほとんど聞き取れませんでした。堀井さんとか京都だからまだわかったんだけど。でも、町山くんの結婚ビデオはボクが撮ったんですよ」

――深夜食堂が町山のビデオを撮ってるのか。そうか。

「だいたい、堀井さん三浪してるから、ボクが入ったときに、もう二十三でしょ。ボクは十八で、田舎の十八から見て東京の二十三はすごい差ですよ。おとなと子供です」

――大学時代は、もうプロをめざしてたんでしょ。

「二年春の早稲田漫に『「エ」のはなし』ってのを描きましたけど、まだそれは迷ってた。そのあと『中川春朗はちょうちんブルマーを持っていた』を描いたときに、あ、これでいけると思ったんですけど」

――思ったんだ。

「だけど量産できない」

――でも、なんで自分で手応えがあった作品を早稲田漫に載せなかったの。

「それは締め切りに間に合わなかったからですよ」

――だったら次の早稲田漫に載せればいいじゃない。

「いやー、それは田舎者で、その時期に描いたものを載せなきゃいけないと思ってたんですよ。真面目だから、田舎者だから。早稲田漫に載せようという気持ちで描いたんじゃなく、たまたま出来たから描いたんですよ。それは早稲田漫に載せちゃいけないような、何というか、早稲田漫を崇高に思ってたってことですね」

――崇高だったのか。

「五十周年のときにひさしぶりに早稲田漫見ましたけれど、あー、レベルがー、と思いましたね。ボクらのときのレベルはもっと高かったって感じたんだけど、勘違いですかね」

――いや。

「だから、ボクはいい時代にいたんだと思いましたよ。だって、あの時代にいた人たちって、いますごいですもんね」

――ところでさ、アベくんは本名は安部じゃない。つまり、べの字が部。でも、このあいだ気づいたんだけど、いまはべの字を倍にしてるんだね。

「あ、これは金《キン》ちゃんにみてもらって変えたんですよ」

――金ちゃんって、同じ学年だった金本くんか。

「そうです」

――いま金本の姪っこが漫研にいるぜ。

「あ、聞きました」

――だいたいさ、安倍ヨルロウって何なんだよ。夜郎って。

「ヨルロージャないですよ。ヤローです。大学時代からそのペンネームだったじゃないですか」

――あ、そうだっけか。

「そうですよ。夜郎自大の夜郎です」

――ん？　ヤロージダイって何？

「だからあの、井の中の蛙ってことですよ。故事成語です」

――ふーん。

「ボク、一応、中国文学を志してたから」

――あー、そうか。そういや中国文学専攻だったよな。中島敦になりたかったのか。

「なりたくないです。漢文とか漢詩が好きだったんです。それにボク、二文だったから、つまり夜学ですよね。だから夜郎がいいかなと思って」

——うん、いいよ。それでいこう。

「いってます」

——で、なんでニンベンの安倍になったのよ。

「賞を取ったのは、学生時代からと同じ安部のほうでした。『山本耳かき店』は安部で載ってます。でも、そのあと、あーんまりに漫画が載らなかったでしょ。そのとき、ある人から画数が悪いよって言われたんですよ」

——だから壺を買いなさいとか。

「ちがいます。きちんとした人です。信頼できる人に言われたんです、昔からお世話になってる人で。で、キンちゃん、あの人はむかしっから易に詳しい人だからね、聞いてみたの。すると、前から画数が悪いのは気がついてたんだけど、黙ってたんだよって言うんです。で、どうしたらいいか、キンちゃんに聞いたんですね、じゃあ、アベのべの字を、倶楽部の部から、ニンベンの倍にするのがいいよって言われたんです。ちょうど『深夜食堂』を描く前で、ずーっと漫画が載らない時期が続いたときに人に言われたんで、開運て、そういうもんじゃないですか」

——でもその改名が吉と出たわけだな。

「はい。編集長も、じゃあ変えるなら今ですねと言われて、『深夜食堂』の初回から、倍の字にしたんですよ。そしたら、けっこういいほうに動き出して」

――いい話のようでもあるし、うさんくさくもあるなー。でもとにかく「安部夜郎」では単行本は出てないんだね。

「そうです」

――ついでに聞くが、漫画のタイトル文字は、安倍くんの描いた字なのですか。

「あれは、ボクが描いた字を基本に、加工して、ちょっと変えてもらったもんです。ボクが全部描くと、もう少し細くなりますね」

――おまえ、いまでもすんごい小さい字でメモしてるもんな。

「性格ですね」

――自分で書いてる字が自分で見えないんだろ。さっき字を書くときに眼鏡はずしてたもんな。自分の目で見える大きさで字を書いたらどうなんだ。

「性格ですから」

――さいですか。さそうあきら先生が講談社の大賞とか取ったのとか見てたんでしょ。そのままプロになっていくわけだし。そういうの見ていて、おれもプロに、と思わなかったですか。

「だから描けませんもん。描けたら早くなってますよ。全然、べつに。なれると思ってないですからね。漫画を描いてないわけだから、いやつまり、応募する作品を描いてないから、そりゃ漫画家になれないじゃないですか」

――描いてなかったですか。

「時間たっぷりあったはずなんですけどね。なんで学生のときって描かないんでしょうかね。酒のんでは、えらそうなことばかり言ってましたもんね」

――でも、漫研時代は、安倍の作品はそこそこ評価されてただろう。

「そうですね。そこそこ評価してくれてました」

――独特の世界だったもんな。大正浪漫ふうとか言われてたんじゃなかったっけ。

「そうですね」

――大正浪漫って、当時ははやってたんだっけ。

「林静一とかがいましたね」

――おれも、林静一しか思いうかばないよ。あと、大正浪漫系で好きだったのは誰なの。

「えーっと、竹久夢二」

――ほんとの大正時代かよ。

「えっと、吉田光彦とかいましたね。あと、高野文子の『絶対安全剃刀』なんかも、かなり人気だったかな」

――はいはい、たしかに高野文子も人気あったよなあ。安倍の漫画はそういう系統だってので、評価されてたんだよな。

「男の人が評価してくれるよりも、下級生の女の子が評価してくれることが何より嬉しかったですね」

――下級生の女子って、誰だよ。

「怒らないでくださいよ」

――怒ってねえよ。

「だからヨシチカ[※10]とかけらちゃんとキンちゃんの彼女だったあの、誰でしたっけ。清水でしたっけ」

――あー、商学部総代で卒業証書をもらったとかいうあの優秀な娘さん。

「そうそう。何より下級生の女の子から評価されるって、こんないいことはないでしょ、漫研で。男同士って、なかなか評価してくれないんですよ。赤三角[※11]でもあまり書いてくれないし、だから女の子が評価してくれたのが嬉しかったんですよ」

――気持ちはわかる。

「まわりの人がちょっと評価してくれるとそれだけで嬉しいじゃないですか。大学生のころって。あのころ、世界は漫研だけでしたもん」

役に立たない漫画を細く長く描いていきたい

——漫画家になってよかったか？

「そりゃよかったですよ」

——うわ。即答だな。

「だっていやなやつに会わなくていいんだもん」

——じゃ、いまはなりたかった漫画家になれてるの。

「そうでしょう。こんな感じですよ。もともとそんなものすごく売れる漫画家になりたいと思ってるわけじゃないですもん。このまま細く長くやっていければそれにこしたことはないんですけどね。細く長くです」

——広告やってるときは、不特定多数に向かって、マスに向かって発信してたんでしょう。いまの漫画はマスに向かって発信してる気持ちはないの？

「ないですね。ただ意識の中であまりにマイナーすぎるものは避けようと考えてます。もともとボクはマニアじゃないですからね。いままでボクがおもしろいと思ってた世界が、広告業界で発表しても受け入れられなかったんだけど、いま、漫画でまっすぐ発信してみると、それなりにわかってくれる人がいるのは嬉しいですね」

——すると大賞受賞したけど連載に到らなかった『山本耳かき店』という作品は、やはりわかってくれる人が一定数に達しなかったと思ってますか。

「うーん、最初から王道、王道と歩んで行って、すぐにメジャーでやってける漫画家っているんですかね」

——バランス感覚があって、それに近い人はいるんじゃないの。

「えー、そうですかね。漫画家の人って、本人はみんな自分はマイナーだと思ってると思いませんか。そんな気がするんだけど。それが受け入れられてくると、スタンダードになって、あれがいい、あれがあれがとなるけど、スタートからメジャーだとは思えないんじゃないかな」

——『山本耳かき店』はマイナーな作品だってことかい。

「ボクの描く世界なんて小さい世界なんですから。小さい話です。『深夜食堂』だって小さい店だし、志が低いんです。さそう先生の『マエストロ』とは違うんですよ。自分のいい位置を探して、細く長くやってく場所を探して、その場所にいたるまでに二十年かかったってことですね」

——それがプロだってことか。

「プロの漫画家って、作品が雑誌に載る人のことじゃないですよ。その人の作品が雑誌に載ることによって、雑誌が売れるのがプロなんですよ」

――はー、原稿料をもらって食えるのがプロじゃないってことか。

「そう。よく、雑誌に載ったらそれでプロだって考えるでしょうが、そうじゃない。その人が載るからその雑誌が買いたいと思わせるのがプロなんですよ」

――うーん、ちょっといいセリフかも。

「えらそうなこと言ってますけど、でもボクは基本的に役に立たない漫画が描きたいんです。薀蓄を言わない、説教しない、上から目線でものを言わないというのが基本です」

――おお。またいいこと言うね。

「はいはい。基本的にものを作るときに、たとえば若い感覚なんてのはとても大事だと思うんだけど、それは発想の新しさに結びつくものでね、発想も大事だけど、もっと大事なのは視点ですよね。視点の確かさが、保《も》つものだと思う。発想は、より新しいものが出てくるけど、すぐ吹っ飛んでしまうけど、その人がその人独自の視点を持ってれば、保つんですよ。だからこれから年をとっていくから、どうやって保たせようかと考えてます」

――そういえば、発想できる時間帯があるって、言ってたよね。

「そうですね。やはり朝ですよ、ボクは朝。朝早いほうが頭の働きがいいので、会社で企画を考えるときも、早めに出社して仕事してました。朝型にして規則正しい生活をするようにしてましたよ。アイデアが出る時間は午前十一時くらいまでですね。そこまでです。何回か試してるうちにわかりました」

——いまもそうなの。

「いまもそうです。徹夜とかしたって効率よくないです」

古賀メロディを聴くといい線が描ける

——漫画って絵も大事だけど、ネームというか文も大事だよね。と、さそう先生が言ってるのを聞いたことがある。

「そうですか。でも漫画って絵じゃないですか」

——そりゃもちろん基本は絵がきちんとしているのが前提だけどさ。

「ボクの好きなガロの作家たちって、絵の人たちだったじゃないですか。純文学と大衆文学に分けると純文学ぽい漫画だったたって気がする。小説でいう文体が、漫画でいう画風のようなもので」

——つまりストーリーのおもしろさではなくってということで。

「そうでしたよねえ」

——安倍は一枚絵が好きだってことなのか。

「いやそうじゃなくて、別にボクは自分がそんなに絵がうまいと思ってないので、だから自分の好きな絵を描いてたいんですよ。それはたとえば指先であったり」

——それは、具体的に言うと、どういう絵なの。好きな絵って。

「うーん、まあ、落ち着いてる絵でしょうね。落ち着いていて、線がきれいな絵です」

——動いてる絵じゃないってことなのかな。あまり安倍の漫画って人が走ってないよな。

「走りませんよ。あといえば、色っぽい絵を描きたいと思ってるんですね。何ていうのか、潤いのあるというか湿った絵、ですね。それがいいです」

——日本的な絵ね。

「大友克洋以降、すごく乾いてる絵が多くなったじゃないですか。アニメ系の絵とか、何というかこの、ぶよぶよした感じのものがあまりない」

——具体的に乾いてる、湿ってるのはどこででるのかな。

「うーん、だから、線、ですよねえ」

——どういう線の差かな。

「あー、線の早さかもしれない。いやだから、線を描く早さ。ゆっくり描く、線をゆっくり描くと湿った、色っぽい絵に近づくんじゃないですか」

――**ゆっくりね。**

「そうです。古賀メロディを聴きながらゆっくり描くんですよ」

――**古賀メロディって、え、なに『影を慕いて』とかですか。影を慕ってるんですか。**

「はい、高校時代から古賀メロディを聴きながら絵を描いてたんですよ。あの、古賀メロディってゆっくりしてるんですよ」

――**いや、そりゃゆっくりしてるだろうな。誰が歌ってるんだよ。**

「だから藤山一郎とか、近江俊郎、霧島昇」

――**うおう。なんかクイズの解答を聞いてるみたいだぞ。**

「ディック・ミネ、美空ひばりも歌ってますよね」

――**それが絵を描くときの音楽なのね。**

「ペン入れです、ペン入れのときの音楽。カセットに入れて聞いてるんです」

――**荻窪ではまだカセットが聴けるかね。**

「聴けますよ。ずっと描いていて落ち込んでくると少し明るめの歌に変えることもありますが、最初、描き出しのときは古賀メロディですね。気がはやってると、線の早さを調節しないといけないんで」

――調節って、ほっとくと早く描いちゃうってことなの。

「やっぱり締め切りが迫ってくると、少し早めになりそうなので、そこで古賀メロディを聴いて、ゆっくり描くと、非常に気持ちがいいんですよ。なおかつ、いい線が描けるんです」

――どんなにゆっくりなの。

「んー、ペンもその先のほうを持たないで、わりと中くらいのところを持ってゆっくりと描くんです。それがもう至福の時間なんですよ」

――至福ときたか。

「はい。好きな曲を聴きながら、ゆっくりとペン入れしてるときが、まさに至福の時間なんです」

――そういうのが好きなんだね。

「好きですねえ。やっぱりその、線って、わかる人はわかってくれるんですよ。わからない人も、何となく感じてくれてるんだと思います」

――それは読者にわかってもらう必要はないわけだよ。文章だって同じで、同業者が気づくかどうかという工夫で、同業者でも同じ方向で書いてる人にしか気づいてもらえない感じだよ。つまりは安倍くんは、心地いいものをめざしてるわけだね。

「かもしれません」

――ていうか、不快なものを避けてる。

「ああ、それはありますね。自分の資質がそうかもしれないし、広告やってたから無意識にそういうあやういものは避けるという意識があるのかもしれませんね」

――こういう状況で、もっと絵の力の強いものを描きたくならないですか。つまり『深夜食堂』はやや大衆文学に寄ってるってことだろうから、よりもっと純文学に近い漫画を、ですよ。

「『山本耳かき店』が、わりとそれがあったと思うんですよ。けっこうページ数に余裕があったので、いろんな無駄なコマも入れられたんですね。だから自分の中では少し純文学よりでしたね」

――あーだったら、『深夜食堂』とたまに『耳かき店』の二本立てで描けると理想的なんじゃないのか。

「まあそうかもしれませんけど、もう少し落ち着いてからね」

――なこと言ってると、すぐに年老いて死ぬぞ。

「いやまあねえ」

――結婚しろよ。

「急になんですか。結婚なんて、それは若気の至りでするもんじゃないですかね」

──ま、そういう側面はあるけどさ。でもずっと一人じゃなくてもいいじゃないか。

「そんなね、ボクもてませんからね。それに、漫画も売れて、女もうまくいって、仕事もできて金も入ってなんて、そんなすべてうまくいくわけないですよ。ボクはそんな強欲な人間じゃありませんって」

──おれは強欲だっていうのか。

「いや、人それぞれですよ」

──じゃあ最後に、大学を出て、そのまま漫画家になれそうにない、でも漫画家になりたいってやつにアドバイスしてやってくれ。

「うーん、そういうのも人それぞれですからね、ボクはデビューまで時間がかかったけど、もしすぐにデビューできそうなら別にわざわざ遠回りする必要はないわけで、とっかかりがあるなら、進めばいい。でも勤めたなら、その仕事を片手間にやらないで、その仕事できっちり食べられるようにやって、それから漫画を描いたほうがいいと思う」

──でも仕事をしながら帰って描くのって、大変でしょ。

「一番大変なのは、漫画を描こうという気力ですね、エンジンを入れる一番最初のところ、たぶんそこが出来ない人のほうが多いんでしょう」

──それを安倍はどうやってエンジンかけたの。

「ボクはやっぱりすごく描きたかったからですよ。それでもずるずると十数年かかりましたからね。家庭があったら無理だったでしょうね」

——どうやって時間を作ってたの。何かの時間を削ってたって感じですか。

「いや、一人ものですから、忙しい時期は無理ですけど、ひまな時間があるじゃないですか。だから時間を何とか作って描いてたんですね。だから堀井さんだとちょっとの時間の隙間があると女のところに遭いに行って花火をあげたりするじゃないですか。ボクは女に遭いにいくよりも、漫画を描いてるほうが好きだったんですよ」

——おまえ、人聞きの悪いこというなよ。おれは花火なんかあげにいってないぞ。

「女に遭いにいくでしょ」

——そういう時代もあった。

「ボクはそこで漫画を描くんですよ、それに忙しいときは描けないけど、そのときに描きたい描きたいと思うわけですよ。試験勉強中にほかのことがやりたくなるようにね。で、忙しいのが終わると、描くんです」

——それはなに、なんか、小市民的な幸せにならないようにしていたのか。

「うーん、途中でぽーんと描かない時期とかあって、そのときは女がいたりしましたね」

——つきあってんじゃん。きちんと告白したのか。

「いやー、だいたいは酒の勢いでごじゃごじゃとなって、そのまま付き合うみたいな」

——ひどい。

「ひどくないですよ」

——じゃなにか、安倍くんは女は漫画の敵だって言うのか。

「女は漫画の敵ですね」

——うわー言っちゃった。ただでさえ女を避けてる部員が多そうな漫研部員に向かって言っちゃった。

「いやだから創作の味方ではありますが、敵でもありますよ、女は」

——おまえそれを土井たか子の前で大声で言えるか。

「言いませんよそんなところで。いや女性と距離をとっていて、たまに会うくらいなのが、漫画を描いてる状況ではいいと思いますよ」

——それはおまえが実は女好きだからだー、以上！

「なんて終わり方ですか」

※1　松重豊は二〇〇九年制作のドラマ『深夜食堂』では、マスターではなく、タコさんウインナー好きのヤクザの竜ちゃんとして出演。その後『孤独のグルメ』で大ブレイクした。

※2　一九七五年入漫（早稲田大学漫画研究会に入ること）の漫研ＯＢにして小学館のコミック編集者。堀井の四学年、安倍の六学年上。

※3　佐草晃（さそうあきら）は、堀井の一学年下、安倍の一学年上。一九八〇年入漫の漫研ＯＢの漫画家。

※4　一九七六年入漫の漫画家。堀井の三学年、安倍の五学年上。

※5　学生時代、酒場に自作を持ちよって互いに批評し合う「酒場ゼミ」というのを、先輩の後を継いで安倍がゼミ長となってやっていた。

※6　安倍の後、中村高校の漫研部長を継いで、山本直樹（森山塔）のアシスタントを経てデビュー。中村高校漫研出身の漫画家第一号。

※7　『おとぎ奉り』でデビュー。代表作に『BTOOOM!』がある。

※8　『クロノクルセイド』でデビュー。『ワールドエンブリオ』『君死ニタマフ事ナカレ』ほか発表。

※9　町山智浩。漫研OBのコラムニスト・映画評論家。安倍と同学年、堀井の二学年下。著作『アメリカ人の半分はニューヨークの場所を知らない』がヒット。

※10　ともに安倍の一学年下の女性部員。けらは現在漫画家けらえいこ。

※11　早大漫研の理論機関誌。同人誌「早稲田漫」の合評やゼミ、合宿などの報告、一般誌の漫画の批評など、部員が寄稿した。年二回ほど発行。

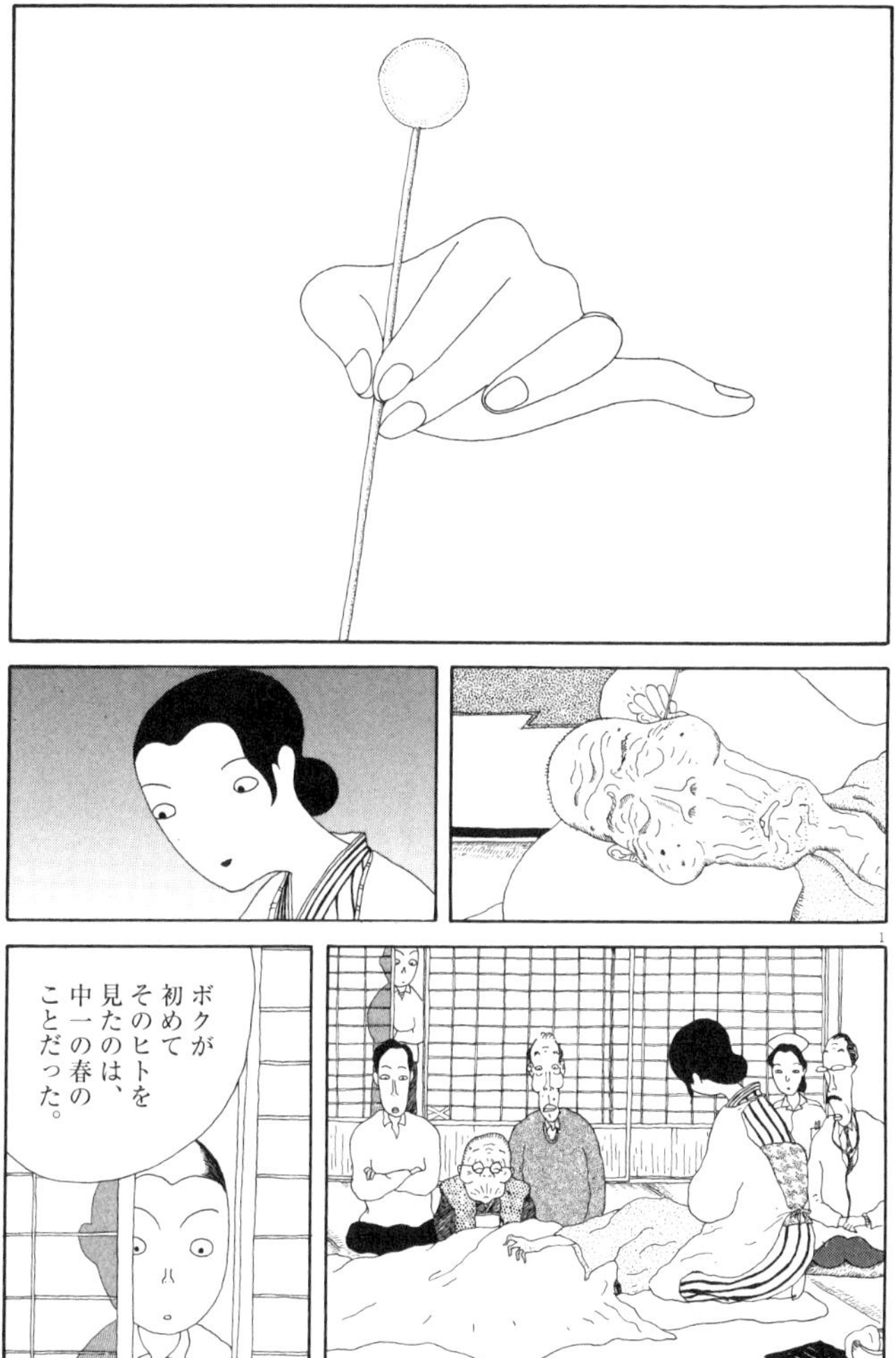
ボクが
初めて
そのヒトを
見たのは、
中一の春の
ことだった。

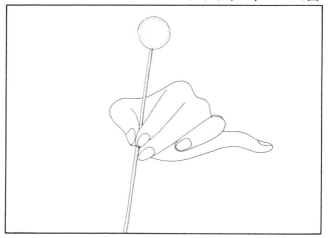

あぁ
おじいさん…
お、お、お、
ふぅ
ハラッ
ご臨終です。
かねてからの希望通り、耳かきをしてもらいながら曾祖父《ひいじいさん》は逝った。百二歳……大往生だった。

第1話◎山本耳かき店

あれ以来、
ボクは耳かきにはまっていた。
曾祖父《ひいじいさん》のとっても気持ちよさそうな死に顔が忘れられない。
あのヒトがいったい何者なのか、父や親戚のおじさんに尋ねたが、教えてはくれなかった。「あれは、大人の楽しみ」だと……
あの日、あのヒトの持ってきた耳かきは棺に納められ、曾祖父とともに灰になった。
ふぅ
うぅ

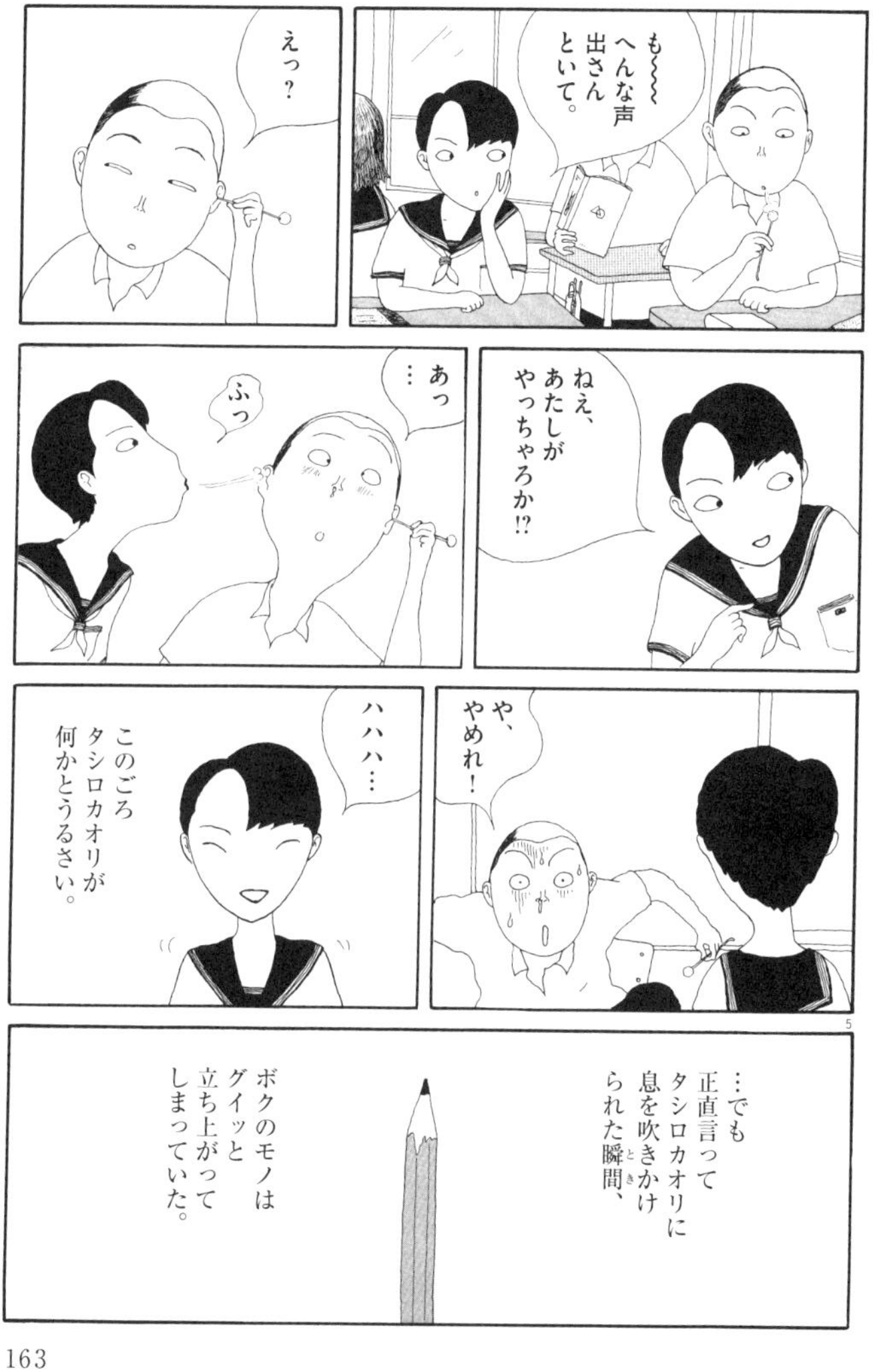
も〜〜〜へんな声出さんといて。
えっ?
ねえ、あたしがやっちゃろか!?
あっ…
ふっ
や、やめれ!
ハハハ…
このごろタシロカオリが何かとうるさい。
…でも正直言ってタシロカオリに息を吹きかけられた瞬間《とき》、
ボクのモノはグイッと立ち上がってしまっていた。

ふぅ
あっ!!
チリーン
トオル
電話よ。
ミーン
ミーーン
…夢か。

花火大会？……うん六時四十五分……わかった……
タシロカオリは浴衣を着ていた。
学校で見るより大人っぽくてメチャメチャかわいかった。

ポップコーン
たこ
じゃがバタ
あっ。
あのヒトがいた。
ボクの耳が
微《かす》かに
うずいた。
山本耳かき店
手造り
耳かき

あの…耳かき一本ください。
どうぞお好きながを選んでください。
えっ、八百円!?
八百円
一本一本手造りながです。使ってみるとわかりますよ。
どうぞ試してみてください。
!
どうですか？
コ、コレください。

おぉ
ボクはもうその耳かきのとりこだった。
耳の内側にあたるその竹の感触は、
丹念に磨かれたツメの先で、
指の股のところをコチョコチョとひっかくような感じで、
ボクは身震いし、喜びのとり肌を全身にたてるのだった。
ブルブル

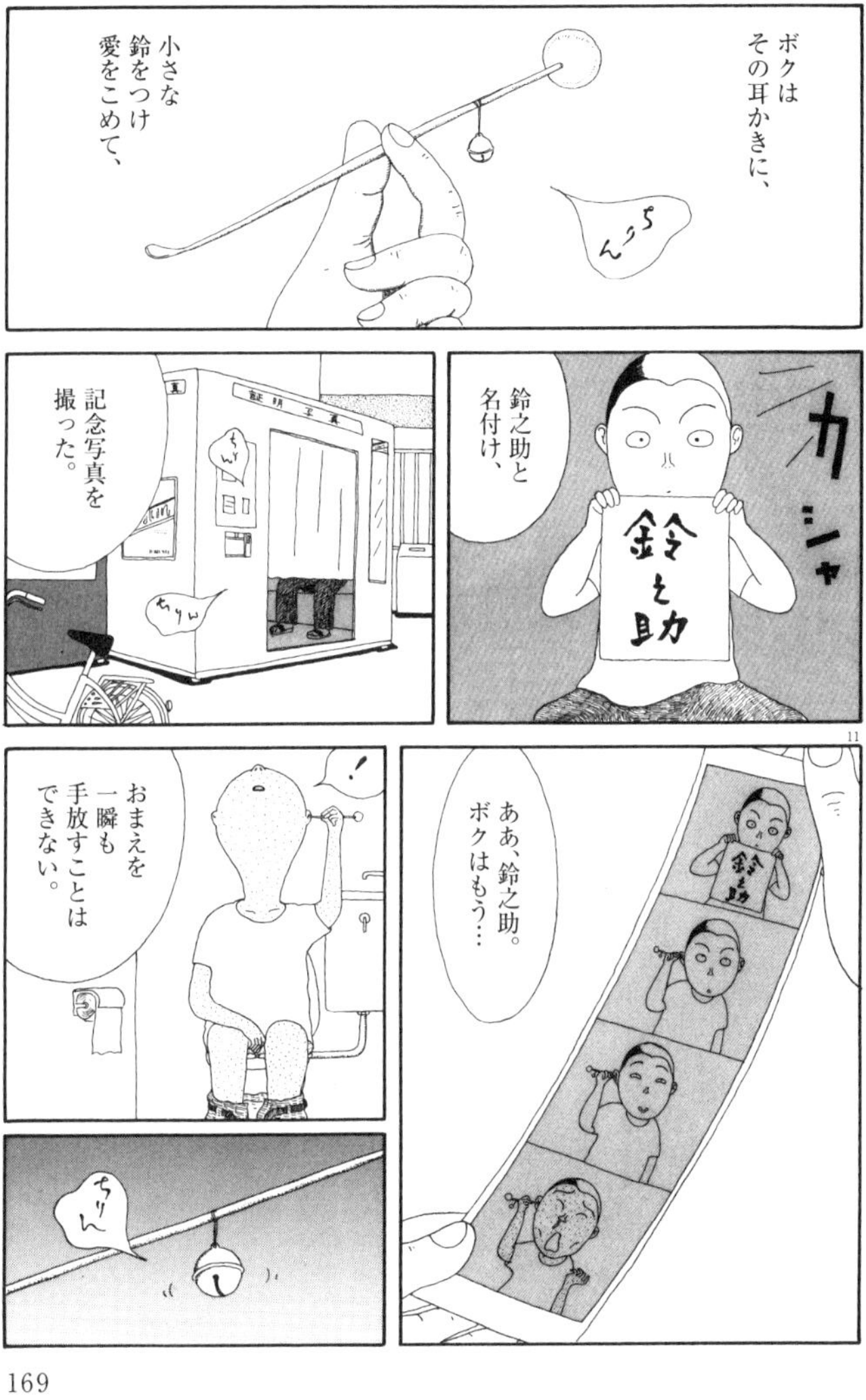
ボクは
その耳かきに、
ちりん
小さな
鈴をつけ
愛をこめて、
カシャ
鈴之助と
名付け、
鈴之助
証明写真
ちりん
ちりん
記念写真を
撮った。
ああ、鈴之助。
ボクはもう…
!
おまえを
一瞬も
手放すことは
できない。
ちりん

もしも
ボクがスパイで、
敵の罠に落ち
捕らえられ、
拷問を
受けたとしても
ボクは、
決して
口を割ることは
ないだろう。
しかし、
耳もとで
鈴之助を
鳴らされたと
したら…
ほれっ。
吐けっ!!
ちりん
ちりん
やめてくれっ!
ボクは
味方を
裏切って
しまうかも
しれない。
ちりん
12

ちりん
もはやボクには鈴之助のない生活なんて考えられなくなっていた。
それは夏休み明けのことだった。
ちりん
ちりん
ねえちょっと…
ちりん
13
ちりんちりんやかましい!!
授業中何しよらぁ!!
ちりん
と、いうわけで鈴之助は田中に没収され、放課後、職員室へ…
職員室

失礼します。
その瞬間、ボクの血は凍りついてしまった。
あっ!
ボクの鈴之助が田中の耳もとで鳴っている。
それは目の前で恋人を汚されたようで——
ボクにはその鈴の音が、
助けを求める鈴之助の悲鳴に聞こえた。
おんどりゃあ!!
あっ。

15

ちりん
ドド
ドド
ちりん
ちりん
鈴之助!!
ボクは失意の中にいた……

それから4か月。何本か耳かきを買ってはみたのだが、一度、鈴之助を知ってしまったボクにはもはやどれももの足りなかった。

しっかりしてよ。

あの耳かき屋さん、誰か知っちょう人おらんが？

父さんが知っちょうかもしれん。

そしたら聞けばええやん。

親には聞けん。

どうして？

恥ずかしい。

も〜なんでよ。

…そうだ電話帳！電話帳は調べた？

……載ってない。

……

18

ぷぅ
盲腸だった。
やっと生え始めた下の毛もキレイサッパリ剃られてしまった。
具合どう？
ハイ、お見舞い。
ありがとう。
なに？

19

それは何本もの耳かきだった。
ひとつくらい気にいるのがあるかと思って…
感動していた。
タシロカオリは耳かきを求めてこの寒いのに町中を捜し回ったにちがいない。
…ボクだけのために…
ホントよかった。たいしたことなくって…
タシロ…

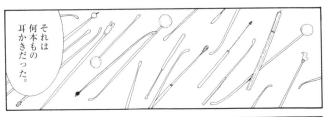

トオルくん…
よっ！
タシロも来てたか。
も〜
あっ、あたし塾に行かんと。
じゃあね、バイバイ。
なんだ？アイツ…
田中のバーカ。しかし朗報はこのジャマモノによって、もたらされたのである。

これ おまえの 捜しよった 耳かき屋じゃ ないか!?
わが街の名店
知県中町市にある
山本耳かき店
そこには あのヒトが 載っていた。
中町!?
電話帳に 載ってないはずだ。 中町は 隣の県の県境に ある町だった。
今度の 日曜にでも ワシが行って 買うてくらぁ。
いえ、 かまいません!!
退院したら ボクが 買いに行きます。 絶対ボクが 行きます。
それから このことは タシロには 黙っちょって ください。
と、思わず 口走ってしまった のは…
あのヒトのことが 頭をよぎったから かもしれない。

22

退院の日、家には帰らずバスに飛び乗った。
整理券
ポケットには母からせしめた一万円札が入っている。
中町まではバスを乗り継いで二時間半、途中で雪が降り始めた。
23

さむ〜
あった
山崎耳かき店
山崎耳かき店

ガラッ
ごめんください。
あぁ
ごめんください。
あ〜
もうすぐ終わるけん、そちらに上がって待っちょってください。
ぅぅぅ
おぉぉ
耳かき 八百円
耳そうじ 八百円
あ.あ〜ぁ

25

あ〜
気持ち
よかった。
う〜
つりは
いらん
ゾ。
いつも
ありがとう
ございます。
お待たせ
しました。
で、
どうします？
あのー
耳かき
一本。
それと
耳そうじを
……
かしこまりました。
どうぞ
こちらへ入って
ください。

たしか大山町の花火のとき、買《こ》うてくれたがやなかったですか？
あ、ハイ。でもあれ、折られたがです。
あらそう。
外は冷《ひや》かったろう。
耳、まっ赤やもん。
あっ…
それは温かくて柔らかくていいにおいがした。
27
じゃあ、始めましょうか。
ハイ。

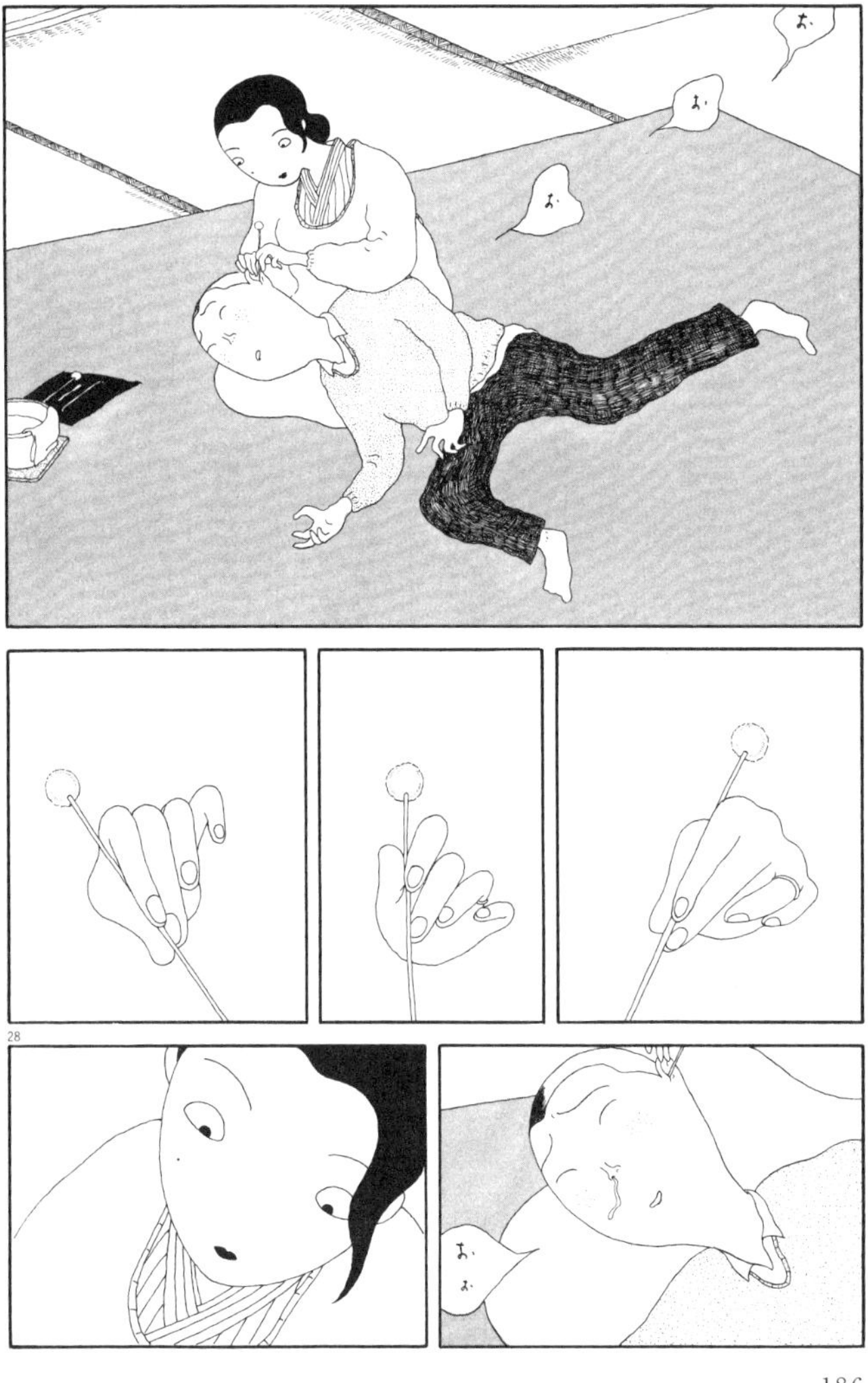
お、
よ、
よ、
28
お、よ、

耳の内側の壁がゴッポリとはげ落ちたような感覚のあと——
ザ ザ ザ ザ
遠くで微かに波の音が聞こえた。
そして耳かきはボクの意識の中で、
堅さの中にも、不思議な柔らかさを増し、
しなやかにしなやかに…
やがてその先端はアリクイの舌となり、総《すべ》てをなめとるようにボクの耳の中を侵してゆく。
奥へ奥へ…
あぁ

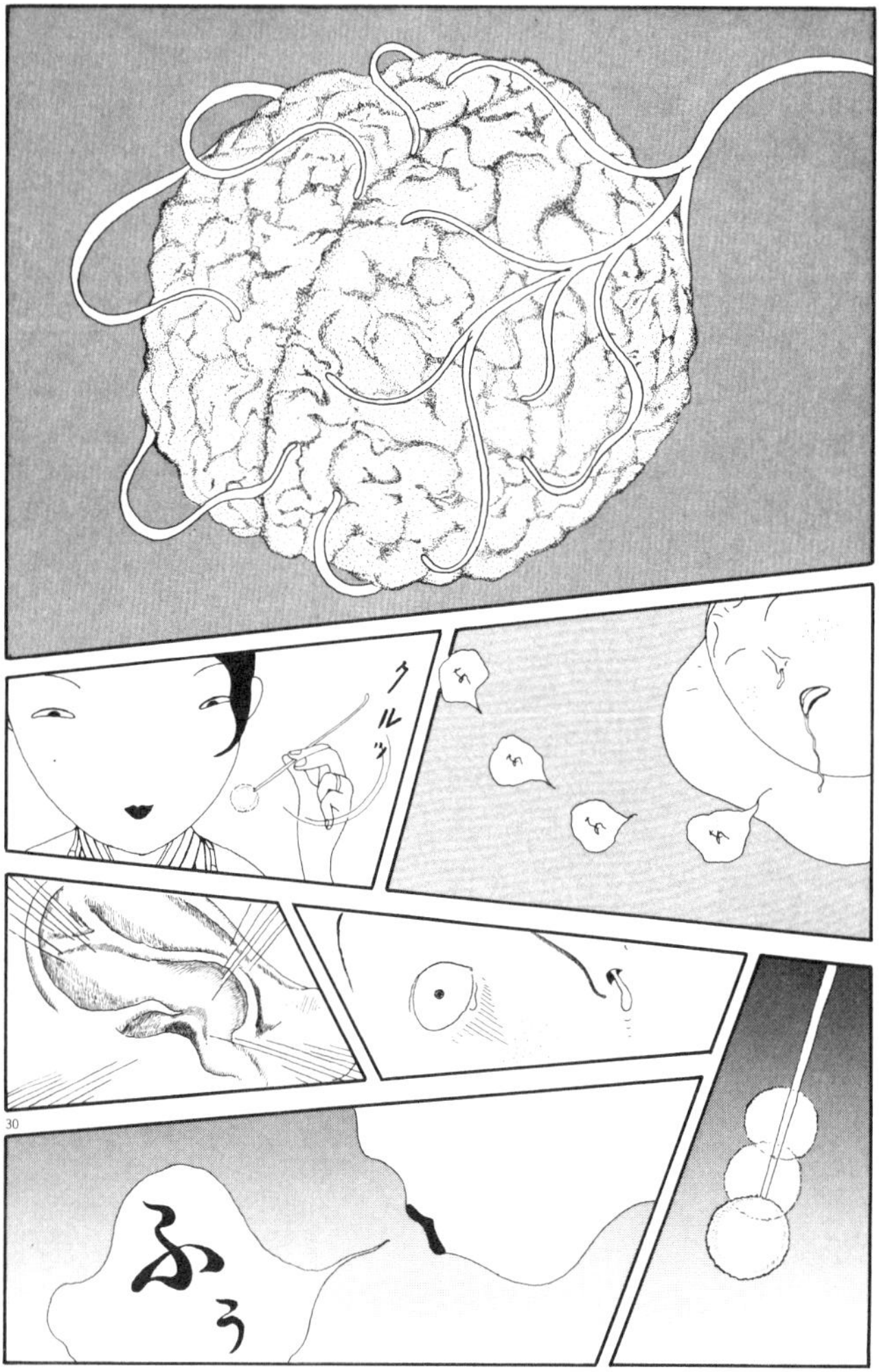

30

初めてだった。
それはボクにとって生まれて初めての経験だった。
汚れたパンツは公園のトイレに捨ててきた。直にズボンをはいたのでスースー寒かった。
まもなく終点、大山町、大山町です。

31

雪の中に
タシロカオリが
いた。
なぜか急に
恥ずかしく
なって、
ボクは
うつむいて
しまった。
オバサンに
中町へ行った
いうて聞いたけん
迎えに来た。
あ、
あの
オレ…
……
あっ！
それは
ボク……
いや、オレが
中一の冬の
出来事だった。

山本耳かき店／おわり

初公開!
大学時代の習作

桑港《さんふらんしすこ》子守唄《こもりうた》

じゃんけん
ぽん
もう
いい
かい
もう いいよ
フ・フ
もう いいよ

いない
いない
いない
いない

あ、
もう かえろ
クルヒコくん 出ておいで もうかえるよ
ねんね ねんねと ねる子は かわい
おきて 泣く子の つらにくい アヨイ〜

つらの
にくい子は
まな板に
のせて
大根《ダイコ》きざむよに
きざんじゃれ
ア〜
ヨイ

ワン
あ

夢のかたきだ

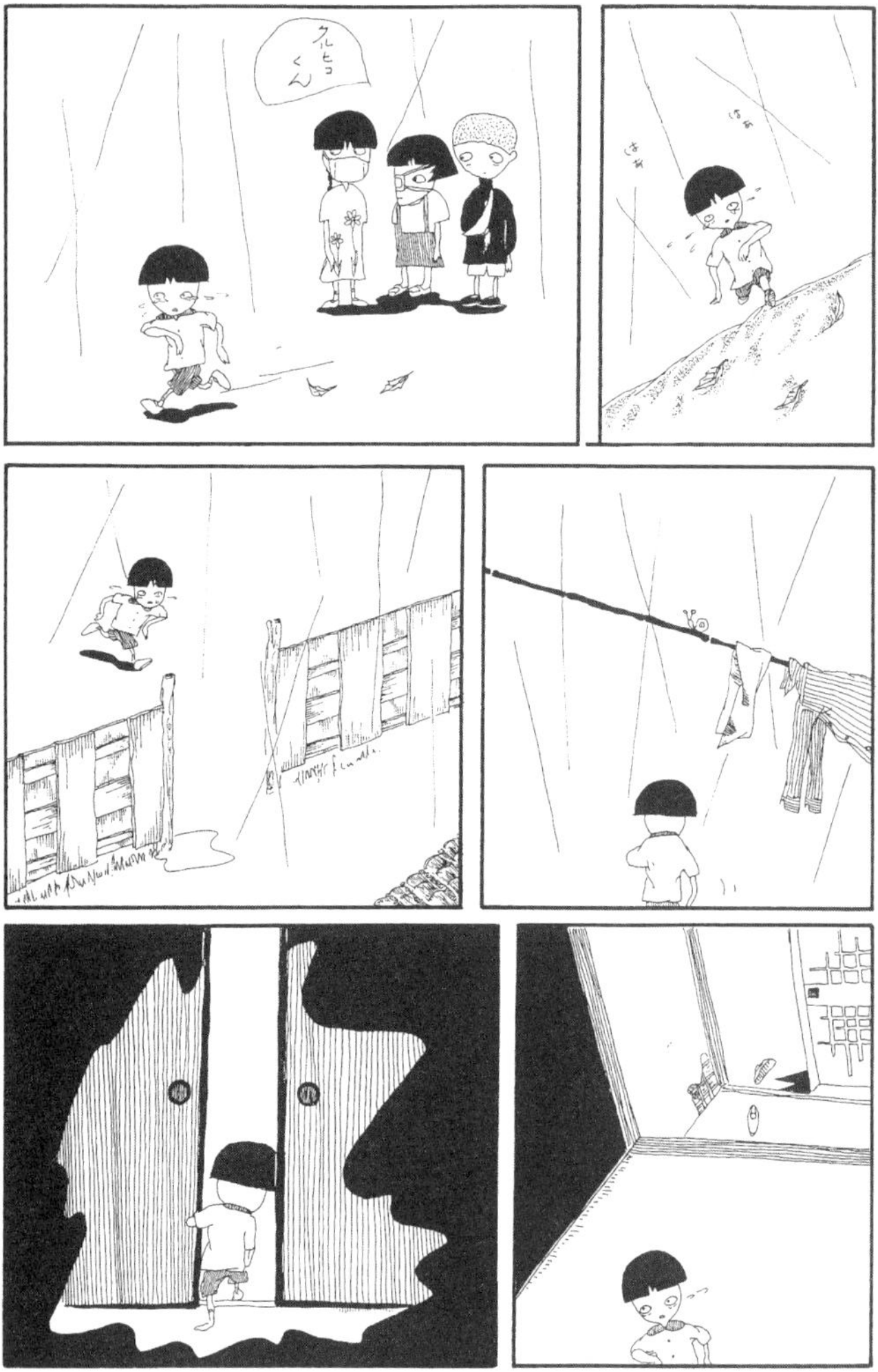
クルヒコくん
はぁ
はぁ

ドウシタノ

マタ
イジメ
ラレタノ
お母さん
ヨシヨシ
ネンネン
コロリヨ
オコロリヨ
あめ
おわり

酒の友めしの友

Yaro Abe Presents
Sake no Tomo
Meshi no Tomo

◯《まる》◯《まる》の女《ひと》

新宿の女《ひと》

「女」と書いて〝ひと〟と読ませる歌がある。

春日八郎の「長崎の女《ひと》」、それから、なんといっても北島三郎、サブちゃんの「函館の女《ひと》」。「尾道の女《ひと》」「加賀の女《ひと》」ってのもあったなぁ。

昭和の歌謡曲が大好きでカラオケでもそれ専門のボクは、いつか「○○の女《ひと》」というタイトルで何かシリーズものを描きたいと思っていた（○○には東京の地名が入ります）。

とはいっても、「銀座の女《ひと》」とか「六本木の女《ひと》」なんてのは描けそうもない。四国から上京して三十年、当然行ったことはあるが縁が無いもの。

ボクに描けそうなのは、住んだことのある中央線沿線の「中野の女《ひと》」とか「阿佐ヶ谷の女《ひと》」。友人が多く住んでいた西武新宿線沿線の「鷺ノ宮の女《ひと》」とか「都立家政の女《ひと》」あたりかな。東京といえどもローカルで、沿線に住んでる人以外はちょっとどこにあるのかピンとこない、そんなところである。どうも歌謡曲のタイトルにはなりそうもないが、ボクの書くもののタイトルにはちょうどいいかと思う。

　でも初っ端くらいはメジャーどころで。

　題して、「新宿の女《ひと》」。

　宇多田ヒカルのおっ母さん藤圭子のヒット曲に「新宿の女」ってのがあります が、こちらは（おんな）と読ませます。

　歌に出てくる「新宿の女《おんな》」は、男にだまされてポイと捨てられる夜の蝶だが、ボクの「新宿の女《ひと》」の方は、そんなヤワなタマじゃない。どちらかといえば、男を跪《ひざまず》かせる女王様タイプですかねぇ……。

　その人のことをボクは密かに、「ゴールデン街のメーテル」と呼んでいる（本人はあまりお気に召していないようだが）。

　新宿ゴールデン街、「10ｃｃ」のママのユキちゃんのことである。

　ボクが新宿ゴールデン街辺りで飲むようになったのは昭和の終りの頃、会社の先輩に連れられて来てからで、以来四半世紀、今でも月に二、三回は飲みに行く。「10ｃｃ」に連れて行ってくれたのも元会社の先輩だった。ゴールデン街で数軒はしごして行き着いたのが「10ｃｃ」だった。

　その頃のゴールデン街のママといえば、いったいいつの時代からやってるんだというような時代物のバアさんか、酒と煙草で声をつぶしたオバさんか、若くても三十代後半のおネエさんだった。

ところがその店のカウンターの向こうにいたのは、黄色い長い髪に色白面長のこの街に似つかわしくない若い女の人だった。

「……メーテルだ！」

ボクは思った。松本零士原作「銀河鉄道999《スリーナイン》」の謎の美女、あのメーテルがそこにいたのである。

それがユキちゃんだった。

それから週イチくらいで「10cc」に通った。唯々、ユキちゃんの顔を見るために。

そういえばあの頃、ボクと同じように何を話すわけでもなく一人ポツンと飲んでいる客が何人かいた。ユキちゃんから話しかけられるのをひたすら待ってる感じで。あの人たちもみんなユキちゃんのファンだったんだろうな。

昭和から平成に変わり、会社が新宿から移転してから、ゴールデン街辺りでは飲むもののいつしか「10cc」から足が遠のいていた。

二年ほど前、もう一杯飲みたくて十七、八年ぶりに「10cc」のドアを開けた。カウンターの向こうにはあのままのユキちゃんが、あの頃と同じように指をピ

ンと立てて煙草を喫っていた。

……………ユキちゃん、ボクより年上だったよなぁ。

ボクが四十半ばに差し掛り髪の毛も薄くなったというのに、ユキちゃんは時空を旅するメーテルのように昔のままの姿でそこにいたのである。

しかし、歳を取るのもそれ程悪いもんじゃない。うぶでアホだった昔と違い、今じゃボクも普通にユキちゃんとしゃべれるようになったし、ユキちゃんも客が途切れたときとかにいろんな話を聞かせてくれる。

祖父《じいさん》が喜ぶので中学の頃まで一緒にお風呂に入ってあげてたこと。高校時代、本人からの希望で校門から教室までかばんを持ってくれる年下の男子がいたこと。病院で死んだ愛犬を引き取りに行くとき乗ったタクシーが、偶然入院させるとき乗ったのと同じタクシーで思わず大泣きしたら、運転手さんに慰められとても良くしてもらったことなど、漫画のネタになりそうな話もある。

あれは去年（二〇一〇年）の秋のことだったか、カウンターで一人飲んでるスキンヘッドの外国人がいた。

ユキちゃんの話では、その日スウェーデンから来たばかりだという。

「10ccも国際的になってきたな。彼、どこにホテル取ってるんですかね」

とボクが何気なく言うと、ユキちゃんが、

「うちに泊るの」

「えっ?!」

彼、ニコラスはユキちゃんの超遠距離恋愛の彼氏だったのである。

そのとき、ボクの脳裏を童謡「赤い靴」のフレーズが過《よぎ》った。

「ユキちゃん、異人さんにつれられて行っちゃうの?」

「行かないよ。私、新宿《ここ》でしか暮せないもん」

着物姿のユキちゃんは、ニッコリ笑ってそう言った。

来月(九月)、ニケ(ユキちゃんはそう呼んでいる)は一カ月程東京に来て、日本語学校に通うことになっている。

夜の新宿　路地裏を
曲りくねった　風が吹く
昭和の影を　慕いつつ
入るお店の　カウンター
着物姿の　メーテルが
煙草くゆらせ　いらっしゃい
酔って流れて　たどり着く

その後の新宿の女

二〇一三年九月十日、ユキちゃんとニケはゴールデン街から近い新宿区役所に婚姻届けを提出、めでたく夫婦になりました。ニケはスウェーデンの出版社を退職、現在は日本でサラリーマン（デザイナー）をやっています。

超長距離恋愛の末結ばれた二人は今も仲良く、スコティッシュテリアの愛犬のんのんと一緒に暮らしています。「10ｃｃ」は来年33周年を迎えます。

高円寺の女《ひと》

新宿から中央線快速に乗って二駅目（土・日・祝日は通過）、高円寺は青春の街である。

上京してかれこれ三十年、ボクはずーっと中央線の住人で、高円寺で暮らしたのは大学二年の終りから就職しバブル期を経て昭和が終った年まで約六年間だった。

環七と早稲田通りの交叉した辺りで、四畳半に小さな流し、風呂無しトイレ共同のアパートだった。あの頃地方から出て来た男子学生は大方そんなところに住んでたもんだ。

就職してからちょっとつき合ってた女《ひと》に、「四畳半に住んでる男とつき合ってちゃダメね」と自嘲気味に言われたことがあったが何とも思わなかった。

「今に見ていろ！」ボクも若かったし夢も希望も自信もあった。あの頃は日本も今日より明日がよくなると、誰もが信じていた時代だった。

高円寺は交通の便もよく物価も安かったから、ボクみたいな貧乏な若者がいっぱい住んでいた。貧乏学生に貧乏ミュージシャン、貧乏役者に貧乏漫画家などなど。

今もいるんだろうなあ……。

その後、高円寺からひと駅先の阿佐ヶ谷に引っ越して高円寺は通過するだけの街になった。それが二年ほど前からライブや落語を聴きに行ったり飲みに行ったりカラオケに行ったり、また高円寺を徘徊するようになった。

その一軒が高円寺駅の西側・高架下にある「ノラや」である。

「ノラや」はコの字のカウンターの居酒屋だが、定期的に落語会もやっていて、二〇一一年五月には「なかの芸能小劇場」で『第百五十回ノラや寄席《よせ》』が催《もよお》された。

出演者は、辰じん、こみち、天どん、白鳥、扇辰、文左衛門、一之輔、小せん、菊之丞、一凛（講談）、喜多八。若手、売れっ子、実力者を揃えた豪華メンバーだった。

この『ノラや寄席』の席亭で「ノラや」の女主人の聖子さんが、今回の主役「高円寺の女《ひと》」である。

聖子さんは東京五輪の年（一九六四年）生れ。ボクよりひとつ年下だが、「ノラや」のほかに高円寺で三軒の飲食店を経営するオーナーなのである。

こう書くと水商売の荒波をくぐり抜けて来た海千山千の遣り手ママを想像するかもしれないが、そんな感じはまったくない。本名は松田聖子と一字違いの松本聖子というのだが、聖子ちゃんともまったく似てません！

聖子さんは東京生れの千葉育ち、美大を中退して一時期少しだけ会社勤めをしたものの、ほとんどは飲食関係のお店でバイトをしてたらしい。といってもホステスじゃありません。聖子さん、どう見てもホステスって柄じゃないからね。

その頃の住いを聞いたら、ボクの住んでたアパートの近所だった。もしかしたら、あの頃どっかですれ違ってたかもしれない。

自分の店を持ちたいと思うようになり、パチンコ店の寮でまかないの仕事をして開店資金を貯める。高円寺に「ノラや」を出したのは聖子さん二十八歳のときだった。店名は内田百閒の随筆『ノラや』から拝借した。高円寺で店を出したのは、長年飲み歩いた街であり馴染も多かったからだ。

店主が若いと若い客が付く。客が客を呼び店はそれなりに繁盛した。

「でも店を続けるうちに、なんとなく惰性でやってるようになった」と聖子さんは言う。

転機は六年目、店を改装してからだ。

まず、壁を若い美術家たちにギャラリーとして貸し出すことにした。八年目からは同じ高円寺でお店をやられている柳家紫文師匠のすすめで落語会を開くようになった。

記念すべき第一回『ノラや寄席』は当時二ツ目の鈴々舎わか馬さん。現・柳家小せんさんだった（小せんさんの落語会は現在も「鐙の会」として月イチで開かれています。詳しくは「ノラや」のホームページで）。

こうして「ノラや」は新しい客層を開拓してゆく。


「ところで聖子さん」とボク。

「『ノラや』には仲の良過ぎる男の二人連れとか、オネエ言葉を話す男子がよく来られますが、ありゃどうしてですか？」

「あれですか」と聖子さん。

「まえ『ノラや』の近くにゲイバーがあって、うちのお客さんがそっちにも行くようになり、そっちのお客さんもうちに来るようになったんですよ。

その中にイケメンで心はとっても乙女のノブくんって子がいて、あるイベントを手伝ったときノブくんも来てて、それがすごく気が利くいい子なんですよ。彼を見てて初めて、この子と組んで仕事《おみせ》をやってみたいと思ったんです」

それまで聖子さんは、人は雇わず、一人で食べていければいいと思って店をやってたらしい。

そうして出来たのが駄菓子食べ放題のバー「ＢＪ　Ｂａｒ」で、ノブくんが初代店長となる。

「ノラや」移転に伴い旧店舗で始めた三軒目の店が洋食居酒屋「クルや」。店を任せているシュウゾウくんは元「ＢＪ　Ｂａｒ」のバイトで評判もよく毎日書いて出す日報の字がピカイチきれいだったので、開店するときスカウトしたという。

去年オープンした四軒目がカラオケもできるバー「Ｙ－ＳＴＹＬＥ」。新宿二丁目から高円寺に戻って来た「ＢＪ　Ｂａｒ」の二代目店長のゆういくんを見込んで一緒に作った店である。

まず人ありきで、思いつくと「じゃあ、やるか！」というのが聖子さんの店づくりのようだ。

あとノラやグループのスタッフはイケメンぞろいで、先の二人もそうだし、現在「ノラや」を手伝っているナイスミドルの岡本さん、「ＢＪ　Ｂａｒ」のスタッフの三人（有田くん、豊原くん、山下くん）も見ようによってはイケメンだ。子供の頃、三善英史のファンだっただけあって、聖子さんはイケメン好きなのかもしれない。それからあるスタッフによると「聖子さんは男のオッパイも好きですよ」とのことだが……。

「四軒も店をやるってすごいですねえ。そのうち高円寺の駅前に八階建てくらいのノラやコンツェルンのビルが建つんじゃないですか」とボクが言うと、

「とんでもない。儲けない店ばかり四軒もやって、ホント、どうするんでしょうねえ」と聖子さんは他人事のように言った。

女心に男が惚れる
聖子いとしや　ノラやの女将《おかみ》
ここは高円寺　ガード下
今日も聞こえる寄席ばやし
笑って飲んで語らえば
夢もとけます　グラスの酒に
苦い若さの味がする

その後の高円寺の女

「ノラや」は二〇一九年で二十六周年。時代に合わせてノーチャージのカウンターバー（テーブル席もあり）にリニューアル。高円寺のガード下の「ノラや」の先に出来た「HACO Bar」は日本酒に特化した立ち飲み屋でいつも繁盛しています。

「HACO Bar」向かいのイベントスペース「koenji HACO」では、落語、講談、浪曲の自主公演を毎月十本、中野芸能小劇場で月一で「ノラや寄席」を開催しています。

また、駅に近いビルの二階にオープンした「Kulz Bar（クルツバー）」にはカラオケもあり、夜になると地元高円寺の大人たちが集まって楽しくやっているようです。

砂町の女《ひと》

〝浮かぶ料亭〟屋形船の「晴海屋」は砂町にある。最寄駅は東京メトロ東西線の南砂町。日本橋から浦安方面行に乗り五駅目、荒川沿いの東砂に事務所と厨房がある。

現在、百二十人乗りの屋形船「かちどき」をはじめ、九十名程乗れる「じゃんぼ」「ふぇにっくす」など五隻の船を有し、年間の利用客数は四万五千人を超える東京湾屋形船「晴海屋」の女将、安田恵津子さんが今回の主役「砂町の女《ひと》」である。

（できればここからしばらく、中島みゆきの「地上の星」をBGMにお読みください。また、文章が「プロジェクトX」風になることをあらかじめお断りしておきます）

昭和六十二年　秋　銀座「らん月」

砂町で釣り船屋を営む安田賢一は、一人の女性と会っていた。

先年妻を亡くした安田は、家業の釣り船屋の先行きに不安を感じ、屋形船への転換を考えていた。そのためには自分と一緒にやっていってくれる信頼できるパートナーが必要だった。人に勧められるまま何度か見合いをしたが、五十前の釣り船屋の親父のところへ嫁に来てくれる相手は現れず、もうこれで最後にしようと思っていた。

女性の名は春田恵津子。横浜生まれの四十七歳。城南信用金庫・上星川支店に勤めていた。気難しい母と二人暮らしで結婚はとうにあきらめていた。今回の見合いも元々ノリ気ではなく顧客に頼まれ、どうでもいいやという気持ちだった。

「らん月」ではすき焼きが出た。

安田は余り肉が好きではなく箸をつけずにいた。逆に恵津子は肉が大好きで、元々見合いなんてどうでもいいと思っていたから、せっせと自分で鍋に肉を入れて食べていた。かなり食べてから恵津子はハッとする。自分が食べていたのは安田の皿の肉だった……。

二人が打ちとけたのはそれがキッカケだった。

安田賢一さんと恵津子さんにお話を伺ったとき、賢一さんは何度も言った。

舟宿 晴海屋
舟宿 晴海屋

「この人は、本当はうちなんかに来るような人じゃないんだ」

恵津子さんは銀行に勤めているとき、行内では「一億の窓口《テラー》」と呼ばれていた。窓口でありながら支店長からノルマを与えられ、定期預金一億円のノルマをいつもクリアしてきたからである。

つき合ってるうちに賢一さんは思ったという。

「この女性《ひと》となら、屋形船で一番になれるかもしれない」と。

翌昭和六十三年、二人は結婚する。

結婚したとき約束したのは、恵津子さんのお母さんの面倒を見ることと毎年一度ハワイに連れて行くことだった。

この年、屋形船が完成し商売を始めたものの、元々が釣り船屋だから客層も違う。賢一さんは唯、予約が入るのを待っているだけで、ほとんど品川の大手の船宿から客を回してもらっているような状態だった。

こんなことではダメだ。恵津子さんは品川の屋形船屋に話を聞きに行った。そこで言われた「お宅は場所が悪いから」という言葉が恵津子さんの持ち前の負けん気に火を点けた。

銀行でも一番成績の良い行員は、人口密集地ではなく不便な地域をコツコツ回って契約を取っていた。

この砂町で、私が何とかしてやる。

まず思いついたのが、旅行社を通して客を斡旋《あっせん》してもらうということだった。当時、船宿ではマージンを取られるという理由で、ほとんど旅行社を通すことはなかったらしい。ただ、いきなり旅行社に行っても相手にされない。どうしたものかと思っていると、思わぬところに伝手《つて》があった。晴海屋の釣り船のお客さんに農協観光の方がいて、その人の紹介で契約を結ぶことができたのである。また、その頃防衛庁（当時）の人が釣りに来ていて、六本木の防衛庁には三万人の職員がいると聞き、紹介してもらって、防衛庁に福利厚生で屋形船をつかってもらえないかと夫婦で営業に行った。賢一さんはほとんどしゃべらなかったそうだが、そこは恵津子さん、なんと言っても元「一億の窓口《テラー》」である。うまくまとめて防衛庁の方もいいお客さんになってもらった。

屋形船の利用客が増え、すぐ二隻目を作った。かねてから出す料理に不満を持っていた恵津子さんが板前さんを入れようと思ったのもこの頃である。

平成七年に定員九十名の「ふぇにっくす」、平成八年に定員百名の「じゃんぼ」が完成。二隻とも屋上にはスカイデッキ、船内は掘ごたつ式にした。これは東京湾の屋形船では初めての設備だった。

屋上デッキには余談がある。順調に乗客を増やす晴海屋に対し、同業者からクレームがついた。「屋上デッキは危険である」と。

隅田川の花火大会の前、組合の会合に呼ばれ賢一さんは言った。「屋上デッキが危険なら、空を飛んでるヘリコプターはもっと危険だ。花火のときヘリコプター飛ばすのをやめるなら、屋上デッキもやめる」

話はそれで終わった。今、多くの屋形船には当たり前のようにスカイデッキが付いている。

話を元に戻す。

「ふぇにっくす」と「じゃんぼ」の二隻のこと。最初、賢一さんは作るのに反対してたという。借金を多く抱えることになるためビビってしまったらしい。しかし、恵津子さんには自信があった。お客さんはもっと増えると。そのために料理やサービスの質の向上に努めた。結果は徐々に利用客の反応に現われ、晴海屋の評判は上っていく。

ある日、「ふぇにっくす」に乗った女性が帰りに晴海屋の事務所に寄って言った。

「ここで働かせてください」

この女性がもう一人の「砂町の女《ひと》」、真野薫子さんである。

真野さんは元美容師でカリフォルニアにカット技術の修行に行き、帰国後ある人の通訳を頼まれ銀座のクラブに行ったところスカウトされ、その頃、クラブで雇われママをやっていた。でもそれが性《しょう》に合わず、できれば大好きな海のそばで働きたいと思っていた。人に誘われて晴海屋の屋形船に乗ったとき、「これだ！」と思ったそうだ。

真野さんに会って、英語は堪能だし気遣いはすばらしいし、これからの晴海屋にはピッタリの人だと恵津子さんは思った。

事実、真野さんは今最も人気のある晴海屋の看板船頭であり、ファンクラブもあるらしい。

各方面からスカウトもあるようだが、安田さんご夫妻の人柄を慕《した》い、晴海屋以外で働くことは考えられないという。

平成十四年、定員百二十名の「かちどき」進水。

例によって賢一さんはビビり、恵津子さんは自信満々だった。

「三年前、本当にいい板前さんが来てくれて、今は一切出来合いの物を使わないおいしい料理を提供することができるようになりました。

これからの目標ですか？

料理とサービス、接待マナーをもっと良くして、それから、もう一隻、もっと大きな船を作ることです」

そう言う恵津子さんに、

「本当に女将さんスゴイですね。ボクみたいな小っちゃい人間にはとても真似できません」とボクが言うと、

「まあ、仕事の方は好きでなんとかなるんですが、私、料理がまったくダメなんですよ」

「砂町の女《ひと》」は、そう言って笑った。

流れも清き荒川の
水面涼し砂町に
浮かぶ料亭　晴海屋の
船は　じゃんぼか
ふえにっくす
灯《あか》りきらめく　かちどきか
あかねの空に
ちとせの誓い
結ぶ二人の　夫婦船《めおとぶね》

その後の砂町の女

　スカイツリー完成後、利用者数はさらに増え欧米からの観光客も多くランチ営業、乗合船の余興（南京玉すだれなど）も好評で、二〇一九年、晴海屋さんのお客さんは八万人に迫る勢いだそうです。二〇一七年、念願の定員百四十四名の屋形船「白鷺」が完成。オリンピック会場や選手村を巡る「二〇二〇（フレフレ）コース」も人気で、来年に向けて砂町の女・安田恵津子さんの夢もどんどん広がっているようです。

恵比寿の女《ひと》

女が一人で営む理髪店。

そう聞くだけで、男にはちょっと感じるものがある。ルコントの『髪結いの亭主』もそんな映画だった。

恵比寿に母と娘がやっている理容室《とこや》があると聞き、「恵比寿の女《ひと》」はこの母娘《おやこ》でいこうと決めた。


ガーデンプレイスが出来てから、恵比寿といえばおしゃれでハイソな街のイメージだが、元々、東京都下のどこにでもある庶民的な町で、今でもバス通りを一本入ると懐しい町並みが続く。

タマル理容室も、そんな恵比寿新橋商店街の一角にある。昭和十一年、恵比寿のこの地で創業してから七十五年。今は二代目の藤原孝枝さんと娘の明石紀子さんが店を守っている。「タマル」は母の孝枝さんの旧姓で、初代は孝枝さんの父・平八郎さんだ。

孝枝さんは昭和二十一年、母とめさんの郷里の宮城で生れた。戦後、父は戦火で焼けた元の場所で「タマル理容院」を再開していた。孝枝さんは一人っ子だったが、父と母と住込みの職人さんたちに囲まれてにぎやかに育った。まだ停電の多かった頃、髪を切る父の手元を照らすローソクを持ったり、洗髪のとき、柄杓《ひしゃく》でお湯をかける手伝いをしたこともある。そんなとき、父は母に黙って結構いいアルバイト料をくれた。密かに後を継いでくれるのを期待していたのかもしれない。

短大を出てしばらく会社に勤めた。五時に会社が終るとその後が暇で、夜学の理容師の専門学校に通うことにした。

父から、「店を継ぐなら、(婿養子を取らなくても)誰でも好きな人と結婚してもいいよ」と言われたからだというが、孝枝さん自身この仕事が好きで、二人の娘さんたちもそれぞれ理容師と美容師になっていることを考えると、髪に縁のある〈手に職〉のDNAが流れているとしか思えない。

二十歳のとき、転職して二回目に勤めた会社で、夫となる藤原和利さんと知り合った。その時既に、孝枝さんは理容師の専門学校に行っており、和利さんも勤めながら夜学の専門学校に通っていた。

理容師になるには、当時専門課程(一年半)修了後、一年間のインターンを経て、国家試験に合格する必要があった。

専門学校を終え、インターンは実家のタマル理容院、実験台のカットモデルは近所の魚屋さんにお願いした。魚屋のおじさんの髪の毛は柔らかくて切りやすく、ポマードでおさまる扱いやすい髪質だった。その頃理容師の実技試験は各自カットモデル同伴で、その日は時間をやり繰りして魚屋のおじさんに来てもらった。お陰で国家試験は一発合格だった。

昭和四十七年四月、六年間の交際を経て和利さんと結婚。実家のタマル理容院で両親と同居。姓だけが「藤原」に変わる。

「店を継いだら、好きな人と結婚していい」

お父さんの希望通りになった訳である。ところが同じ年の十二月に、そのお父さんが心筋梗塞で急逝する。

翌昭和四十八年二月、長男貴光さん誕生。

同年五月、母とめさんが夫の後を追うように亡くなった。

昭和五十一年に長女・紀子さん、翌五十二年に次女・千恵子さんが産まれる。孝枝さんは産まれるギリギリまで店に出ていたという。

幼い子供たちを抱え店も忙しく、ご主人を構ってられない。夫の和利さんは母親に大事に育てられたから、上げ膳すえ膳で家のことは何もしない人だった。そ

BARBER タマル

れが変わったのは、転職の合い間に理容室を手伝ってからだ。

理由は様々だが、どういう訳か、和利さんは六年おきに仕事をかわった。その転職の間に通信教育で理容師の勉強をし、インターンとして店を手伝うことになったのである。この時初めて家事と仕事をこなす妻のたいへんさが身にしみてわかったのだろう。それからは家事を積極的にやってくれるようになった。

「私が知ってる父は、髪を洗ってくれたり、まめで器用でやさしくって家庭的で、大好きな父でした」と紀子さんは言う。

ただ、インターンとして一緒に働くうちに、和利さんはどんどんやせていったらしい。

「お父さんにはこの仕事は向いていない。やっぱり外に出て営業の仕事をした方がいい」孝枝さんの勧めで、和利さんは会社勤めに戻った。

ある日、小学五年の長男・貴光さんが言った。

「お母さん、お米の研ぎ方教えて」

店が忙しく、店屋物が続き、息子さんもさすがに何とかしなければと思ったらしい。みそ汁の作り方は隣のおばさんが教えてくれた。

親の背中を見て子は育つというが、藤原家の兄弟はまさにそうだった。

紀子さんは小学校のとき、将来の夢は「床屋さんになりたい」と書いた。

「でも、母は喜んでくれたけど、やめなさいと言ったんです。たいへんだし儲かんないから」

その言葉を覚えていたから、紀子さんは短大を出てOLになった。でも、毎日同じ仕事を定時までやるという生活がつまらなかった。マイペースでのんびり楽しそうに仕事をしている母がうらやましかった。三年勤めて一年悩んで、通信教育なら実家に迷惑がかからないだろうと考え、会社を辞め実家の店を手伝いながら理容師を目指す。紀子さんのカットモデルは今のご主人・和也さんだった。最初の頃はカットに三時間くらいかかった。それでも和也さんはジーッと耐えてくれた。その甲斐あってか、平成十六年、理容師免許を取得した。

免許を取っても初めの頃は孝枝さんがいないと不安で、孝枝さんが旅行に行って不在のときには店を閉めていたというが、この頃ではカラオケに婦人会にと何かと留守がちな母に代って、子供たちの面倒を見ながら立派に仕事をこなしている。

現在（二〇一一年）、店舗兼住宅のタマル理容室には、母の孝枝さん、長女の紀子さん夫婦と二人の子供（四歳と十カ月）、次女の千恵子さん夫婦と二人の子供（六歳と一歳十カ月）、計九名が暮している。旅行に行くのも花見に行くのも外食するのもみんな一緒。誰か一人来られないとやめようかという仲のいい家族である。

三年前、孝枝さんの夫、和利さんががんで亡くなった。最後の一週間はいつも家族がいた。みんなが協力して支え合った。

和利さんの死の床で、

「最後まで声は聞こえるっていうから、お母さんが耳もとで『愛してる』って言ったら、お父さん目を動かして答えてくれたんだよね。目も動かなくなって、手をぎゅって握ったら握り返してくれたんだよね」

そんな話をしながら、紀子さんと孝枝さんはポロポロ涙をこぼした。

なんていい家族なんだろう。

お父さん、幸せだなあ。

二人の話を聞いているだけでボクはとても幸せな気持ちになった。ああ、そしてこの原稿を書きながら、なぜかボクも涙が出てきたよ。

父がはじめた　この理容院《みせ》を
継いで娘が　持つハサミ
言葉なくとも　働く姿
見れば通じる　心と気持ち

親子三代　受け継いで
母と娘が腕競う
恵比寿　タマル理容室

その後の恵比寿の女

二〇一二年、店舗兼住宅三階建てが完成、タマル理容室は新装開店しました。

その後、長女紀子さんに第三、四子誕生。母・孝枝さんと紀子さん家族六名、次女千恵子さん家族四名。現在三世帯十一名で仲良く暮らしています。

中村の女《ひと》

〈中村〉というのは、ボクの郷里、高知県中村市、現在の四万十市のことである。中村は四国の西南地域を流れる四万十川の河口の町で、ボクは高校卒業までこの町で育った。今は大体盆と正月、年に二回帰省する。

今回は正月に帰ったとき、お話を伺った恩師岩根鉄也先生のことを書こうと思う。

岩根先生は、身内や知り合い以外でボクの絵を最初に誉めてくれた人である。先生と初めて会ったのは、昭和四十三（一九六八）年、中村幼稚園、年長の「きく組」のときだった。

「いわねてつや《岩根鉄也》です」

四月、最初に先生が板書して自己紹介されたとき、クラスのみんなが笑った。女なのに男みたいな名前だったからだ。でも、いっぺんで先生の名前を覚えてしまった。漢字はまだ知らなかったが「いわ」も「てつ」もなんだかゴッツして堅そうだ。それが失礼ながら、先生のお顔のイメージとピッタリだった。もうどう見ても、先生は『岩根鉄也』以外の何者でもなかった。

岩根先生は旧姓を『安岡』といい、昭和二年、中村の南西にある大月町で生れた。七人兄弟の上から二番目（次女）で、長女の容子さんが体が弱く幼くして亡くなったため、『容子』みたいな柔くて弱々しい名前じゃダメだというので、祖父《おじいさん》が『鉄也』と名付けたという。それにしてもちょっと極端過ぎないかなあ。

小学四年生のとき、一家で大阪に転居。高等女学校卒業後は、戦時中ということもあり勤労女子挺身隊に動員され飛行機の部品を作る工場で働いた。昭和十八年、疎開する家族と共に故郷大月町に戻り小学校の代用教員になる。

終戦後、戦地から帰ってきた従兄《いとこ》と大阪で結婚。一児をもうけるが離婚し、単身帰郷して保母の資格を取り大月町の保育所で勤める。一家の中村転居に伴い、転職して勤めた幡《は》多《た》ろう学校でのちに夫となる岩根徹氏と知り合った。

徹先生（岩根先生は夫のことをこう呼び、ボクに話された）は、大正十四年島根県大田市のお寺に生れた。戦後、紹介する人があって高知ろう学校の教員となり、当時は中村にある幡多ろう学校に勤務されていた（幡多ろう学校は後に中村養護学校となり徹先生は定年まで勤務された）。

若い頃はおシャレでモテたという徹先生。

「どっちから声をかけてつき合うようになったんですか」とボクが聞くと、

「それがわからんがよ……」と、岩根先生は笑いながら上手くかわされた。

昭和三十七年八月、入籍。二人は再婚同士だった。

徹先生は若い頃、歌手になりたかったというだけあって、歌も上手く、クラシックの原曲をテノールで唄い、詩吟に尺八、絵を描き和歌を詠み俳句を作る多趣味な方だったという。

「死ぬまでが勉強だ」

結婚してから徹先生にハッパをかけられ、岩根先生は通信教育で中学校の教員免許と幼稚園の先生の資格を取る。そうして、中村幼稚園で初めて受け持った年長の「きく組」にボクがいたわけである。

因みにこの「きく組」には、現在、プロのサックス奏者として活躍している本田雅人くんもいた。習い始めたハーモニカ、ボクがドレミファも覚束無い頃、本田くんはいとも簡単に「メリーさんの羊」や「アマリリス」を吹いていたものだ。

ボクはといえば、気が弱く大人しく、悪いこともしなけりゃいいこともしない、ただ静かに絵を描いているのが好きななんとも存在感の薄い子供だった。そんなボクの描いたやっこ凧の絵を、岩根先生はみんなの前で誉めてくれたのである。

法名 釈徹生
釈徹生

「この奴さんの顔のなんと立派なこと。よう描けちょう」

四十年以上経ってもまだ覚えているのだから、子供はキチンと誉めとくに限る。

以前、正月に伺ったとき、先生宛てのものすごい数の年賀状を見せてもらったことがある。多くの教え子たちに混じって、ボクと同じ「きく組」の生徒の名もあった。

思うに、岩根先生はきびしいけれど、誉めるのがとても上手な先生だったんじゃないかな。だからいつまでも生徒たちの記憶に残り慕われる……。これはあくまでボクの想像だけど。

六年ほど中村幼稚園に勤めて、その後は臨時教員として、山間部や離島、主に僻地の小学校や中学校で教鞭を執られた。

その間、学力が低く高校進学ができない生徒が数多くいる現状を見て、彼らでも教育が受けられる高校を作ろうと思い立つ。

そんな思いに、夫の徹先生は一言も文句を言わず協力してくれた。即ち、高校設立準備のため、貯金や自分の退職金を提供してくれたのである。

高知県中西部にある大野見村に、村長の理解も得て用地を買収する。ちょうど竹下内閣の「ふるさと創生」の一億円が入った頃で村からの協力も得て順調にいくかと思われたが、一億円の使い道を巡り住民の反対と村長の死去によって頓挫してしまう。

不登校の生徒が増え社会問題になり始めた頃、今度は地元中村に不登校児のための学校を作ろうと思い立った。思い立つのはいつも鉄也先生であり、黙って力を貸してくれるのが徹先生だった。

平成三年、中村市佐岡に四万十学習塾（のちの四万十学園）を創立。

校舎兼寄宿舎は古くなった元民宿を借り、寄宿生と通いの生徒を受け入れた。生徒は中村周辺の小中学生と高校生が多かったが、高知市内や沖縄から来た生徒もいた。

学習についてはそれぞれが計画表を作り、指導は徹先生と鉄也先生。ほかに定年退職された元教諭の方々が無給であたってくれた。

数年後、移転した校舎が隣家からの火災で延焼し先生たちは焼け出される。その頃から徹先生に認知症の症状が現れ始めた。

別の場所で四万十学園を再開して、しばらくして岩根先生夫妻は引退して自宅に戻った。四万十学園を始めて以来、ずーっと二人は学園に寄宿生と共に寝泊まりし、ほとんど無給で持ち出しまでして学園を運営していたのである（四万十学園は受け継がれ、二〇一二年創立二十周年を迎える）。

昨年（二〇一一年）初め、鉄也先生は徹先生を送った。学園を引退してからは老々介護の日々だった。

「ねえ見て、この写真。みんな徹先生。ステキでしょ。若い頃はそんなに思わなかったけど、今見るとステキやねえ」

写真を何枚も出して来て見せてくれる先生に、

「このあと、お昼ご飯でもどうですか。ボクにごちそうさせてください」と言うと、

「私はね、徹先生にお供えしたものを、あたためて食べるからいいのよ」

と、岩根先生は言われた。

昨年建てた二人の墓石には、共通の趣味だった俳句が刻まれている。

屋形船
下りて振りむく
花菜風
　　　岩根徹生

コスモスの
一色ばかり

群れて咲き　岩根鉄也

その後の中村の女

岩根鉄也先生は、二〇一三年二月九日逝去されました。また四万十学園は同年三月をもって閉鎖されました。

池之端の女《ひと》

「熟女」という言葉は広辞苑には載っていない。〈jyukujyo〉とキーボードをたたいても、一発で「熟女」とは変換されない。しかし、「熟女」は今やれっきとした現代用語であり、「人妻」「未亡人」を凌駕《りょうが》するアダルト系の売れ筋アイテムである。

「熟女」という言葉がいつ頃から使われるようになったか覚えていないが、よく見かけるようになったのは、ここ四、五年のことだ。

「熟女」とは文字通り、「熟した女」の意味だろう。「ジュク」という響きのなんと甘美で妖しいことだろう。かく言うボクも、「熟女」ファンの一人なのですよ。

「奥様熟女パブ　ミセス」は不忍《しのばず》通りに面した上野二丁目の池之端スカイビルの四階にある。お店の情報を検索すると、座席数四十・在籍数二十五名。求人情報では、キャスト（ホステスさん）の年齢は二十三〜五十歳。未経験ＯＫ、体験入店ＯＫ、ノルマ無し、送迎有り、ヘアメイク有り、制服貸与有りとなっている。

ゆうこさんが「ミセス」にデビューしたのは二〇〇七年、三十七歳のときである。東京で夜の仕事がしたいと思い、〈お仕事ネット〉に三十七歳と入れてヒットしたのが「ミセス」だった。それまで一度も水商売の経験は無い。

ゆうこさんは昭和四十四年十二月生れの四十二歳、福島県のいわき出身だ。

水商売の女性が年齢を若くサバ読むのは当り前のことだが、ゆうこさんは別にいいですよといって、正直に生年月日と干支（酉年）まで教えてくれた。このあたりが熟女パブの強みか。別に女性は若けりゃいいってもんじゃないのである。

ゆうこさんは高三でコンタクトレンズを入れるまで、どちらかというと引っ込み思案で大人しい子だったという。幼い頃両親が離婚し、看護師として働くお母さんの時間が不規則なため、高校二年生まで母方の祖父母と一緒に暮らしていた。ゆうこさんは〝おばあちゃん子〟で、おばあちゃんもそんなゆうこさんを可愛がり、大好物の茶碗蒸しをホントに食べ過ぎて一時期キライになるほど、作って食べさせてくれた（ちなみにゆうこさんはいまだに茶碗蒸しが大好きだそうだ）。

初めて彼氏ができたのは高校一年生のとき。相手は同じ高校に入学して一ヵ月で辞め、自動車の整備工をしていた。

高校三年間は彼氏にずっと見守られている感じだった。彼氏は硬派で、ゆうこさんには化粧も髪の毛を染めるのも許さなかった。

ゆうこさんは目のあたりが伊東美咲似の美人でスタイルもいい。

「他にちょっかい出してくる男っていなかったんですか」とボクが聞くと、

「いたけど、私の彼氏が誰かわかると、手を出してこなかったんです」

「……あの、もしかして、その彼氏って暴走族かなんかですか」

「あ、はい、暴走族の頭でした」

そりゃ誰も手は出さないわなぁ。

高校卒業と同時に、ゆうこさんが彼氏と別れたと聞くと、二十人くらいから交際の申し込みがあったそうだ。

別れた原因は彼氏の浮気だった。彼氏にふられて、ゆうこさんは一週間くらい泣き続けた。そのとき、お母さんに言われた。

「そんなに泣くなら、いい女になって見返してやりなさい。相手に後悔させてやれ」

三ヶ月後、元カレがヨリを戻したいと言って来たとき、ゆうこさんはハッキリと断った。

高校卒業後は東京の会社に就職が決まっていたが、いわきを離れるのが嫌で辞退して地元に残り、家事手伝いやガソリンスタンドでアルバイトをしていた。お

金にこまらなかったのは、茨城に住んでいる実父（以後はゆうこさんに従ってパパと書く）からの振込みがあったからである。両親が離婚してからもパパとはずっとつきあいがあり、不動産関係の仕事をしていたパパは当時バブルで景気のいい頃だった。

二十三歳のとき、街で偶然出会った中学時代の後輩の友人と恋に落ちる。

「そのとき、彼は、なにをやってたんですか」

「パチプロです」

「おいおい」

「でも、結婚が決まってからキチンと会社に就職してくれました」

しかし、二十五歳で離婚。

「三十からの七年間、二十二歳年上の男性とつきあってました」

この二十二歳年上の男性はバツイチで、不動産業のほか地元で手広く事業をやっていて、ゆうこさんは男性の秘書のような仕事をしてお手当を振込みでもらってたという。

「だから、ケンカすると振込んでもらえないんですよ」

「……それはわかりましたが、ゆうこさん、二十五歳で離婚してから三十歳まで、なにやってたんですか」

「さあ、なにやってたんでしょう……。年間九十回以上ゴルフ行ったり、お買い物したり、旅行に行ったり……」

「そのお金は？」

「パパが振込んでくれてました」

おい、またパパかい。金持ちのパパがいるっていいなあ。

年上の彼とつきあうようになると、スポンサーがパパから彼へ変わった訳である。

「そんな彼と、どうして別れようと思ったんですか」

「七年間つきあってて、もう先がないと思ったんです。このままだと介護しなきゃいけなくなる。そんな人生は歩みたくないって」

かくして、ゆうこさんは泣きながら「別れたくない」という年上の彼を振って、五年前、既にリタイアしていたお母さんと共に上京（住んでるのは埼玉だが）して来たのである。

と、こう書いてくると、ゆうこさんが苦労知らずのとってもイヤな女に思えてくるかもしれない。特に働く女性には受けが悪かろう。

俗に「若い時の苦労は買ってでもしろ」という。しかし、苦労して人間的に成長する人もあれば、逆に屈折してひがみっぽくなる人もある。

ゆうこさんの場合、苦労してないことが良い方に出てる気がする。とても明るくて、真っ直ぐなのである。話してると明るさがこっちまで伝染してくる。水商売の経験が無く、入店のとき水割りの作り方を習ったくらいだから手練手管《てれんてくだ》や計算がなく、いらぬ気を使わなくていいからホッとするのである。

ちょっといわきのなまりがあるのもいい。

上野は土地柄、東北出身者も多く、常連のお客さんには福島の人も多いという。それからパパが住んでる茨城の人も。

ゆうこさんの出勤日は、月曜から金曜、この頃は土曜もよく出てるそうだ。

インタビューのあとでゆうこさんが言った。

「こんなんでいいんでしょうか。ホント、私ここに来るまでにまともに働いたことなくて。みんな一生懸命働いて生きてるじゃないですか。でも、私それがわからないんです。そんな人いないねって、母にも言われます。なんか今まで自分中心に回ってくれたみたいで。こんなことというと、すごく自己中でイヤな人みたいだけど……。周りがよかったんです。ホント周りがいい人たちばっかりで……」

正直な人だなあ、ゆうこさん。

花のいのちは　短いと
嘆いた人も　あるけれど
女盛りは　三十路に四十路
熟れてほころぶ　花もある
風の噂に　不忍《しのばず》の
池のほとりに　咲くという
いわきなまりの　熟女花
ゆうこの名前で　出ています

その後の池之端の女

ゆうこさんは、二〇一九年四月に「ミセス」を辞め、七月銀座金春通りにクラブ「ゆうこ」をオープン、ゆうこママになりました。日替わりの熟女スタッフと共に皆様のお越しをお待ちしています。お店の情報は279ページをご覧ください。

羽田の女《ひと》

「羽田の女《ひと》」といえば、すぐスッチー（キャビンアテンダント）を思い浮べる人がいるかもしれない。

でも違います。今回の「羽田の女」は、スッチーではなくシンガー。羽田生れで羽田育ちの福原希己江《きみえ》さん。拙作「深夜食堂」のドラマパートⅡの中で、「からあげ」や「あさりの酒蒸し」など、おいしくてやさしい歌声を聴かせてくれたシンガーソングライターです。

六月のとある晴れた日に、福原さんと天空橋の駅で待ち合わせ、弁天橋を渡り多摩川の土手を歩き、ドラマの撮影場所にもなった河口の船着き場を見てから穴守稲荷に向かった。

「羽田にはお稲荷さんと猫が多いんです」

歩きながら福原さんは言った。

確かに街角や路地裏にお稲荷さんの朱い鳥居が見えるし、道の隅っこや軒下に飼い猫かノラ猫かわからないが何匹も猫を見かけた。

「実家がお米屋さんで、猫は飼えないって言われてたんです」

それでも、かわいそうでほんの数日間だけ面倒見た捨て猫のこと、時折り来てエサをあげていたノラ猫のことなど、福原さんは話してくれた。

このノラ猫たちが、のちに歌唄い福原希己江の原点になるのである。

福原さん（〝福原〟というのはご主人の姓で旧姓は〝平林〟。ご本人曰く〝福原〟になってからの方が運勢が上向いたそうで、ここでは福原さんで統一しておく）は、一九七九（昭和五十四）年、本羽田で生まれた。四人兄弟の三番目、兄が二人と妹が一人。恥ずかしがり屋で大人しい子供だった。一人でいるのが好きで、いつも歌ばかり唄ってたという。歌は隣の工場から聞こえてくる演歌だったり童謡だったり、学校で習った歌やテレビから流れてくる歌、あるいは兄たちが聴かせてくれたロックだったり。

でも、誰も福原さんが唄っていることは知らなかった。一人のときしか唄わなかったし、人前ではいつも小さな声で唄っていたから。

川崎にある付属の女子高に進学すると演劇部に入った。恥ずかしがり屋で大人しい性格は変わらなかったが、何かやりたい、表現したいという気持ちがあったからだという。

そのまま短大の歯科衛生科に進む。これは本人の希望というより、「手に職」という母親の勧めだった。

国家資格を取得し歯科衛生士として勤務、三年後に歯医者を辞める。ずっと何かを表現したいという想いがあり、勤めている頃から舞台関係の事務所に出入りしていた。その頃はミュージカルがやりたかったらしい。

歯医者を辞めてからは、主に飲食関係の店でバイトを掛け持ちしながら、ほとんど寝ないで働いた。

二十三歳のとき――

「その頃は、羽田の実家を出て川口に住んでたんですが、新宿歌舞伎町のケーキ屋さんで明け方までバイトして、朝、帰りの電車の中で泣いてしまって……」

舞台に立ったり、自主映画に出演したり、それは自分が望んだことだったが、なぜか満たされなかった。自分がやりたいと思ってたことが、自分に向いてないと気づかされた。なにをしていいかわからない……。

「そのとき、ふっとメロディが言葉といっしょに浮かんできたんです」

それは、あの羽田で出会ったノラ猫たちに、自分を含め居場所を探している人たちの心象を重ね合わせたような歌だった。

もちろん　わたしゃ　なれました
つめたい風にふかれても
のろのら～のろ～のらねこで
雨にぬれないかぎり　旅をするの

この曲、「のろのらのらねこ」をある人の紹介で、知り合いの音楽プロデューサーに聴いてもらうと、「いい曲だね」と誉められて、初めてのライブをする。オリジナルはあと一曲くらいで、ほかはカバー曲を唄った。

それからは徐々に音楽漬けの日々が始まる。バイトと住所を転々としながら、音楽を浴び歌を作った。音楽の仲間も増えて数えられないくらいライブをやった。

Mさんと知り合ったのは、バイト仲間の友人の紹介だった。Mさんは不動産関係の会社に勤めたあと、思うところあって世界を旅したという方で、交友関係も広く、人と人を結びつけるのが大好きな女性だった。

そんなMさんに誘われて、ある人の合同誕生日会で歌を唄った。歌は「のろのらのらねこ」。

その歌を小柄なチョビヒゲの男性がじっと聴いていた。その人はその後何度もライブに来てくれた。

その人――、松岡錠司さん。
「東京タワー～オカンとボクと、時々、オトン～」の監督であり、ドラマ「深夜食堂」のチーフ監督でもある。
ドラマ「深夜食堂」第十一話再び赤いウインナーの中で、福原さんの歌「できること」が流れると多くの反響が寄せられた。

思い出をわすれたいなら
さあ　あたしが
ケシゴムで消してあげるわ
安心して
おやすみなさい

福原さんの歌はいつもやさしく、誰かに寄り添ってそっと語りかける。「できること」は震災のあと作った歌だという。

あたしの　うたはなんにも
力《ちから》なんてないけど

あなたの心を　すこしだけ
なでる　くらいならできるかも……

昨年（二〇一一年）暮れ、福原さんは羽田に戻って来た。

それまでは、結婚する前から四年くらい日野に住んでいた。

その頃、勤めていた職場のことで鬱々とした日々を送っていた。気晴らしによく、自宅のそばを流れる浅川の土手に行った。

緑も豊かで美しい土手の景色を眺めているうちに、なぜかふるさと羽田のことを思い出した。

海のニオイとか、水も汚なくて、どうしてこんなところに生れたんだろう――あの頃いつもそう思っていた景色が、美しい景色を思い出すみたいに甦《よみがえ》ってきた。仲のいい家族といっしょに過ごした幸せな時間の記憶と共に。

「それがなつかしくて、いとおしくて……一気に曲が浮かんできて……」

歌を作る人はいい言葉を言う。その言葉をメモしながら、ボクは何度もインタビューの録音を聞き返した。そして思った。ここはボクがクドクドまとめるより、福原さんの歌を聴いてもらった方がいい。

というわけで「羽田の女」のラストは、浅川の土手でできた歌、「はねだ」をどうぞ。

私のうまれたこの町は
たいていコンクリートでできていて
となりの工場からは
機械の音が　きこえる……
私といったら　無気力で
空ばっかり　ながめていた
鳥のうたもきこえないほど
機械はうたってた
そんな町が　私のふるさと
すべての出来事は　いとしい想い出

そんな町が　私のふるさと
機械の音は　なつかしい子守唄

その後の羽田の女

福原さんは楽器をリュート（中世ヨーロッパで広く用いられた弦楽器）に持ち替えて、アルバム「Deux Luths」をリリース。リュートとクラシックギターを使い分けながら、台湾ツアーのほか、積極的にライブ活動をされています。ライブ情報は福原希己江オフィシャルサイトをご覧ください。

江古田の女《ひと》

《江古田》と書いて、「えごた」とも読むし「えこだ」とも読む。「えごた」は中野区で「えこだ」は練馬区、西武池袋線江古田《えこだ》駅の周辺をそう呼ぶことが多い。今回は後者、「江古田《えこだ》の女」である。

江古田駅の南口を出て、線路沿いに池袋の方に向かって歩くとすぐ踏切がある。その踏切を渡らないで右側にほんの少し行った三叉路の角にその店はある。

「江古田コンパ」

古い二階建ての建て物にデカデカと白地に赤い文字で「江古田コンパ」の電気看板、入口の上には電球のアーチ、闇に浮び上ったその佇《たたず》まいはまさに昭和そのものである。

少し急な階段を上ると色付きのガラス扉があり店内の様子が窺《うかが》える。外も昭和だが中もしっかり昭和である。クラシックというかモダンというか、日活映画のセットのようだといいうか……。

店内は幅も奥行もゆったりしていて、左右には直線と曲線を織り交ぜた絶妙な形のカウンターがあり、フロアの真ん中はダンスでも踊れるように広く取ってある。

　向かって左側のカウンターの中にいるのが、今回の主役「江古田の女」、長島菊江さん。右側のカウンターにいるのが、バーテンダーの原さんだ。二人は「江古田コンパ」開店以来、四十四年来のパートナーである。

「大体、コンパってこと知らない人が多いんだ。コンパっていうのはね、みんなでいっしょに飲みましょうってことよ」

　と、長島さん。

「だから、十九時から二十二時までは（女性）飲み物半額。それで女の子が来て、それを目あてに男の子も集って来る。そしてまた女の子も……大体コンパってそういうとこなの」

　主にカクテルを飲ませるカウンター形式の「コンパ」は、昭和三十年代から四十年代にかけて流行し、同じ西武池袋線沿線にも「東長崎コンパ」「桜台コンパ」「練馬コンパ」など何軒もあったという。

「江古田コンパ」開業も昭和四十三年十一月。

　因みに開店の翌月、府中であの三億円事件が起きている。

江古田コンパ
長島
ながしま

長島菊江さんは、東京北区田端の生れ。実家はお寿司屋さんで、女四人男一人、五人兄弟の末子である。年齢はハッキリおっしゃらないが戦中の生れらしい。

お父さんは職人でお母さんは商売人、とても面倒見のいい人だったという。昭和の初め頃、たまに店に来る、あまりお金を持っていない彫刻家のタマゴにおにぎりを作って夜食に持たせたこともあった。

日芸（日大芸術学部）に通ってるという娘と母親が「江古田コンパ」に来た時、たまたま実家（田端の紀文寿司）の話をしたら、母親の実父がその時の彫刻家のタマゴだったことがわかり、今は著名になったその彫刻家から電話でお礼を言われたそうだ。

そんな商売人の血は、しっかり長島さんにも受け継がれているようで、子供の頃、出前に行った時のお勝手に脱ぎちらかされた履物を全部ササッと揃えて、その奥さんにお年玉をもらったこともあるという。

戦後、少し落ち着いた頃、お母さんが亡くなり寿司屋を続けていくのが難しくなって、お父さんは店を手離し、家族はバラバラになった。お父さんは通いの職人になり、姉や兄たちはそれぞれ独立したり住み込みで働いたり、まだ小学校の三年生だった長島さんは、次女のお姉さんに引き取られた。お母さんがいないことで随分寂しい思いをしたそうだ。

母親代りになったお姉《次女》さんは結婚もしないで、喫茶店やラーメン屋、バーなど様々な仕事をしながら長島さんを育ててくれた。長島さんも学校を卒業すると同じように昼夜となく働いた。

「生れた時は焼け野原、十五、十六、暗かった」

長島さんはカウンターの向こうで冗談っぽくそう言った。

そんな生活の中でも暗くならなかったのは、長島さんの持って生れた天性の明るさと商売人のDNAらしい。お姉さんが浅草寿三丁目に喫茶店「島」を開いたのは、長島さんが二十歳の頃だった。そこで朝のモーニングから夜まで一生懸命働いた。お金を貯めて、いつか自分の店を持ちたいと思いながら。

昭和四十三（一九六八）年、長女のお姉さんに「江古田にいい物件があるから」と勧められ、長島さんはついに念願の自分の店を持った。「江古田コンパ」開業。長島さん、二十五歳の時である。

当初は喫茶店をするつもりだったが、原さんの助言で当時流行の酒場《パブ》〈コンパ〉にすることにした。原さんは三女のお姉さんの友人で、それまで新宿のバーテンダースクールの講師をやっていた。サービス、カクテルの作り方、シェイカーの振り方、全て原さんが先生だった。

〈レインボー〉。きれいに七層に分れた七色のカクテルを、取材の途中、原さんが作ってくれた。いいなあ、こういうの。ストローを差して好きな色から一色ずつ飲むらしい。実物はどうぞ「江古田コンパ」に行って注文してください。

長島さんの客あしらい。原さんのテクニック、時代にマッチした「江古田コンパ」は連日、大盛況だった。

客層は、サラリーマン、OL、キャバレーのホステスにお客さん、大学生に大学教授などなど。出会いを求めて若い男女や様々な人たちが訪れた。店で知り合って結婚した人もいる、就職を世話してもらった人もいる、長島さんは何回も結婚式に招待されたと言った。

江古田には、日芸・武蔵・武蔵野音大、三つの大学があり、サークルの新歓や打ち上げコンパも多く、卒業してからも通って来る人が少なくない。ボクに「江古田コンパ」を紹介してくれたフリー編集者のFさんも、日芸出身でサークルの新歓で先輩に連れて来られたのが最初だと言う。

新人が来ると、長島さんは十八番《おはこ》の「伊勢佐木町ブルース」の替え歌「江古田コンパブルース」を歌う。悩ましい声で歌ったあと、おもむろに新人の手を取り、オッパイを揉ませる。その時、童貞くんは顔を赤くしてうつむくそうだ。過去に同じことをされた先輩たちはニヤニヤしながら、その様子を見ているらしい。

「Fちゃんなんか、平然としていたわよ。あたしがキスしたらすぐ口濯《ゆす》ぎに行くんだから、失礼よね」と長島さん。

そんな新人でも、長島さんは一人前の男として扱った。名前を覚えていて、次に来た時には必ず彼らの名前を呼ぶ。

「名前を覚えてもらってると、すごくうれしいんですよね。この前、何年ぶりかで来たら名前とか当時住んでたところとか覚えててびっくりしました。長島さん、ホントすごいなと思いました」と、Fさんは言った。

若い頃から、行きつけの酒場《みせ》があるのは幸せなことだと思う。チェーン店にいくら行っても得られないものがある。

昔、酒場は学校では教えてくれないいろんなことを学ぶ場所だった。時代が変わり酒場の形態も変わり、コンパという店は「江古田コンパ」一軒になった。

「いいんじゃないのコンパって仕事は。うち一軒になっちゃったけど。キチンとしたカクテルを安く飲ませて、いい人と巡り合わせる……キューピッドみたいになりたいの。あたしたちも若い頃、遊びに行って飲んで、いろんな人と出会ったから。若い人たちにも教えてあげたいのよ。そういうこと。だから続けていきたいの、コンパという店を」

そういう長島さんは、こんなことも言った。

「サヨナラって言葉、大嫌いなの。寂しいでしょ。だから、ここを止《や》める時もあたしは言わないし、人を呼んでお別れの会なんてするつもりはないの。自然に、じゃあね、またねってのが一番いいじゃない」

ちょっと気になって、

「お体の方は大丈夫ですか、まだどのくらいできそうですか」

と、ボクが尋ねると、長島さんは言った。

「そうね、あと五十年くらいかね。ハハハ」

夜の帷《とばり》が　おりる頃
江古田コンパの　灯がともる
今夜　あの娘《コ》は来てるやら
今夜　あのひと来るのやら
絡み絡まる　心の糸が
とけて　結んで　ほどかれて
流す涙も　フィズの味

昭和の恋の　古傷が
疼《うず》く夜更けの　カウンター

なにかください　長島さん
この胸癒す　カクテルを
ラムに漂うレモンの香り
ホワイトキュラソの　隠し味
腰も砕ける
ああ「江古田の夜」よ

※「江古田の夜」は「江古田コンパ」のオリジナルカクテルです。

その後の江古田の女

「江古田の女」の挿画（原画）をプレゼントすると、長島さんはとても喜んでくれました。今は、カウンターの長島さんのバックに飾ってあります。まだまだお元気で、ふくよかなおっぱいもご健在です。

銀座一丁目の女《ひと》

高知の〝知〟に土佐の〝佐〟、自己紹介のとき、濱田知佐さんは自分の名前をそう説明するそうだ。

そう、濱田さんは生粋の土佐の女《おんな》なのである。

銀座一丁目の外堀通りに面したところにある高知県のアンテナショップ「まるごと高知」、その二階にある「ＴＯＳＡ　ＤＩＮＩＮＧ　おきゃく」の責任者で、高知県地産外商公社のゼネラルマネージャー・プロデューサーというのが濱田さんの肩書だ。

「おきゃく」は、「伝統的な土佐料理を基本におきながら、高知県の食材を使い和洋にとらわれないレストラン」がコンセプトで、県内十八の酒蔵の地酒のほか、料理にあったワインをリーズナブルに楽しむことができる銀座の人気店である。

幕末の殿様や勤皇の志士が大酒飲みだったせいで、土佐人は酒飲みだということになっているが、ま、実際酒好き酒飲みは多く、何かにつけて人を招いて宴会をする。そのことを〈おきゃくをする〉という。これが店名の由来で、濱田さんの発案だ。

濱田さんのプロフィールを見ると、数ある資格の中でシニアソムリエ（日本ソムリエ協会認定）、利き酒師（日本酒サービス研究会・酒匠研究会連合認定）、焼酎アドバイザー（料飲専門家団体連合会認定）というのが目についた。やはり相当いける口なんだろうなと思ってたら、ご実家は高知の城下の酒屋さんであった。立飲みのできるいわゆる角打ち《かくう》の酒屋さんで、濱田さんも子供の頃から「おんちゃん、表面張力つけちょくきねえ」と愛想よく言いながらお客さんのコップに一升ビンから焼酎をついだり、店で出す串にさしたおでんを仕込んで小遣いを稼いだり、商売を手伝った。

「女は酒に飲まれてはいけない。そのためには限度を知る必要がある」という両親の教育方針のもと、そっちの訓練もしっかりやった。なにしろ教材は売るほどあるのだから。

県内で一番優秀な生徒が集まる私立土佐高校を卒業して、青山学院大学の仏文科で学び全日空に就職、キャビンアテンダントになる。

仕事柄ワインに接することも多く、また、ソムリエの資格を持つ先輩とのフライトが続いたことからワインに興味を持ち、日本ソムリエ協会発行の電話帳のようにブ厚い教本を勉強してソムリエの資格を取得した。

寿退社後、週一、二回ワインスクールの講師をする傍ら、ワインの知識を深めたいとプロを対象とした田崎真也さんのワインセミナーに参加する。何回目かのとき田崎さんからワインの認定試験受験対策講座を立ち上げたいからやってくれないかと打診された。

「無理です。そんなこと。田崎真也の名前をしょって、できません」と言うと、

「大丈夫だよ。ダメだったら止めればいいし、よかったら続ければいいし」

B型の田崎さんはA型の濱田さんに向ってそう言ったという。

ワインの目利きである田崎さんは、人の目利きでもあったようだ。結果的に濱田さんは当初七十名くらいだった受験対策講座の受講生を四、五年で四百名近くにし、田崎真也ワインサロン移転拡張に伴い、ワインスクール全体のカリキュラム変更と増設に着手。生徒数を年間のべ千人まで増やしたのだから。

二〇〇〇年、田崎真也ワインサロン取締役副支配人就任。二〇〇二年には支配人に就任する。濱田さん、四十歳のときである。

ここまでは順風満帆のように思えるのだが……

「私、大体強く思うことは叶わないことが多いので、思わないようにしているんです」と濱田さんは言う。

「大学も早稲田の演劇科にいきたかったけどいけんかったし、就職もテレビ局で制作の仕事をしたいと思ったけど結局全日空に入ることになったし、お嫁さんになってちゃんと生活しようと思っても離婚するし……だから目の前に来ることを一生懸命やろうと思ったんです。それがどんどんつながってゆく。ワインスクールの仕事を忙しく、一日十三時間くらい働いてるときに、田崎さんからコンクールに出てみたらといわれて出たら優勝しちゃったんです。教えることが自分の力になってたんですね」

二〇〇三年、ルイーズ・ポメリー　ソムリエコンクール優勝。優勝者には、翌年パリの三つ星レストランでの研修とフランス「ポメリー」本社で行う最高級シャンパン「ルイーズ」の最終テイスティングへの参加が決まっていた。

翌二〇〇四年十一月、研修のためフランスに発つ一週間前に乳ガンが発覚する。二週間の研修を終えて帰国後手術。左乳房全摘、リンパ節に五十個の転移が見られた。一個転移していても五年後の生存率は四十三%、十年後は十数%だという。それが五十個転移していたと言われて、もう笑うしかなかったそうだ。

死ぬときは死ぬし、なるようにしかならないと思ったから、闘病生活を割と客観的に見ることができた。もし当時、フェイスブックがあったら、治療方法とか術後の経過とか書いてアップしただろうと濱田さんは言う。

入院と自宅療養を繰り返しながら八ヵ月の抗ガン剤治療のあと一ヵ月の放射線治療を終えて、濱田さんは二ヵ月ほど高知に帰った。

大学で上京以来、あんなに長く高知にいたことはない。その間、足摺岬《あしずりみさき》とか室戸とか郡部へ連れていってもらった。自然はいっぱいあるし食べ物はおいしいし、「高知は深い」と思った。それに人間がいい意味で適当で、「ああ、これでええがや」なんとなくすごくホッとした。

「私は人より早くガンになったけど、これから六十、七十になってガンになる人も多いはず。そんな人が帰って来て、ホッとできる場所を作りたいなあってなに気なく思ったんです」

そんな濱田さんの元に高知県知事の秘書を通じて「東京に県のアンテナショップを出す計画があり、アドバイザーになってもらえないか」という連絡が入ったのは二〇〇九年夏のことだった。

東京にアンテナショップを出すというのは新しく就任した尾崎知事の公約であり、そのときは濱田さん以外にも、東京で活躍している県出身者を中心に何人も声がかかったらしい。

上京して来た県の担当者に、濱田さんは書面にして説明した。

一階売り場のイメージや二階レストランのコンセプト。具体的には、一階は高知の日曜市をちょっとおしゃれにした感じで日本酒の利き酒もできる。二階のレストランは、内装は木をイメージして土佐和紙を使う。タタキはあるがコテコテの土佐料理ではなく高知の食材を使った世界の料理を出す。日本酒には色があるので徳利はガラスにする。スタンプラリーにしてまんべんなく高知のお酒を飲んでもらうなどなど。

キャビンアテンダントやワインサロン経営者としての経験、故郷高知に対する思い、アイデアはどんどん広がっていった。

何回か打ち合わせするなかで、県の担当者が言った。

「濱田さん、あんたがやってくれんろうか」

全日空にいた頃の座右の銘は、「一期一会」だった。田崎真也ワインサロンの頃は「至誠通天《しせいつうてん》」（誠を至せば天に通ず）。そして、今は「艱難《かんなん》、汝《なんじ》を玉《たま》にす」だそうである。意味は〈すべての苦労は、あなたを光輝かせるものだ〉と、濱田さんは教えてくれた。

座右の銘がだんだん厳しくなってくる。

「おきゃく」も当初はマネージメントだけのはずが、今はフロアに出て接客もするし、労務管理からフェアの企画、メニューの文章を書き、デザインのアイデアを出す。平日の勤務時間は大体十三時間。土日はひたすら寝ているという。ボクがメールの返信をもらったのは土曜の朝七時四十分。「先程まで仕事をしており、今から寝ます」とあった。

自らワーカホリックだと笑う濱田さん。どうぞお体大切に、ご自愛くださいませ。

土佐の高知の　天神町の
酒屋の娘は　働き者で
ワイン　シャンパン　酒　焼酎
なんでもござれの　はちきんさんよ

言うたちいかんちゃ　酒屋の娘
抗ガン剤の治療なぞ
二日酔いに比べたら
ぜんぜん平気と　言わしゃった

土佐はよい国　おもしろや
龍馬　よさこい　アンパンマン
月の名所は　桂浜
人の情けに　ホッとして
生れ故郷に　恩返し

東京は銀座の　一丁目
おきゃく招くよ　酒屋の娘
タタキ　ウツボに　土佐ジロー
酒蔵十八　飲みつくせ

ああ　よさこい　よさこい

その後の銀座一丁目の女

濱田さんは二〇一三年高知県地産外商公社を退職。個人会社を設立。ソムリエとして番組に出演するほか、食や酒、ビジネスのアドバイザー講演活動など、ゆっくりと仕事をしていくとおっしゃってたのですが、二〇一九年二月、㈱いなげやの執行役員に就任。社長直轄の「接客サービス独自化プロジェクト」のリーダーとして朝五時起きで本社のある立川に通っていて、ご本人曰く「尼さん」のような生活をされてるそうです。

インフォメーション

＊新宿の女

《10CC》
03-3208-6545
東京都新宿区歌舞伎町1-1-9
年中無休

＊高円寺の女

《ノラや》
03-3310-2020
東京都杉並区高円寺南3-69-1
営業時間17：30～25：00
基本的に年中無休
http://www.noraya.jp/

《koenji HACO》
予約受付　090-4249-0852
（留守番電話）

《HACO Bar》
080-5438-5593
15：00～24：00

《Kulz Bar（クルツバー）》
19：00～26：00

《Y-STYLE》は閉店、《BJ Bar》はスタッフの有田さんが独立して営業中。

＊砂町の女

《うかぶ料亭　晴海屋》
03-3644-1344
東京都江東区東砂6-17-12
http://www.harumiya.co.jp/
メール　info@harumiya.co.jp

＊恵比寿の女

《タマル理容室》
03-3444-6509
東京都渋谷区恵比寿1-33-7
営業時間10：00～19：00（日曜・祝日休み）

＊池之端の女

《ゆうこ》
090-6783-5803
東京都中央区銀座7-7-12
ニューコンパルビル3F
営業時間19：00～23：30
インスタグラム　lovelovepinkangel

＊羽田の女

福原希己江オフィシャルサイト
https://www.noronorafukufuku.com/
福原希己江 Twitter
https://mobile.twitter.com/noronora

＊江古田の女

《江古田コンパ》
03-3950-6329
東京都練馬区旭丘1-67-7
営業時間19：00～25：00（日曜・祝日休み）
カクテル各種650円～、
女性は22時までドリンク半額

＊銀座一丁目の女

《まるごと高知》
03-3538-4365
東京都中央区銀座1-3-13
オーブプレミア1F・B1F
営業時間10：30～20：00
http://www.marugotokochi.com/

《TOSA DINING おきゃく》
03-3538-4351
（サンゴ・皿鉢《さんぱち》・ヨサコイ）
東京都中央区銀座1-3-13
オーブプレミア2F
営業時間　平　日11：30～15：00（ランチ）
17：30～23：00（ディナー）
土日祝11：30～15：30（ランチ）
17：30～22：00（ディナー）

あとがき

「そおっと暮らす」が座右の銘で、なるべく本業のマンガ以外のことはせず、目立たずこっそり暮らしたいと思っている。

地元のフリーペーパー（高知県西南地域の情報誌・はたも〜ら）に雑文を書くようになったのは、高校の同級生が編集部に入ったからだった。季刊（年四回発行）だし、発行部数も三万部で地元以外ほとんど目に触れないし、まあいいかと軽い気持ちで引き受けた。それを土佐清水に帰省した実業之日本社のSさんが見てしまったのである。それが「ごくうま！」「美味コミ」（実業之日本社発行）に「酒の友めしの友」を書くキッカケだ。

「食」のマンガを描いていると何か食にウンチクでもあるかのように思われがちだが、そんなことはまるでなく、そろそろ書くネタも尽きてきた頃掲載誌の休刊が決まり、担当の山田さんには悪いが正直ちょっとホッとした。

「○○の女」シリーズは、電子書籍の「ａｌｌｅｚ！」（アレ！）に不定期連載したものである。

「アレ！」創刊時の編集長の校條《めんじょう》さんは、「小説新潮」でボクが敬愛する漫画家滝田ゆうさんの担当をされていた方で、以前より面識があった。その校條さんからマンガ連載のお話をいただいたが余裕が無くお断りしたところ、

「滝田さんも、文章に挿し絵を添えた連載物をやってましたよ」と殺し文句を決められて引き受けてしまった。

取材相手は先づボクの知り合いから、次に知人の紹介、それから知人の友人の紹介と広げていったが、それもそろそろ尽きてきた頃、これまた「アレ！」の休刊が決まり、担当の武田さんには悪いが胸を撫で下ろしたことだった。

かくして、ボクの生活信条のように、そおっと始まりこっそり終った二つの連載が、この度一冊の本になりました。

放って置けばそのまま埋もれてしまいそうなものを、拾い上げてくれた実業之日本社のSさんこと仙石早人さん、担当の山田隆幸さんに心より感謝いたします。

「アレ！」編集長の校條剛さん、担当の武田淳平さん、取材に協力していただいた皆さん、そして、この本を手に取ってくれた皆さん、どうもありがとうございました。

二〇一四年二月

安倍夜郎

文庫本　あとがき

大学に入った頃、夜授業が終ると早稲田通りの古本屋をはしごして、気になった文庫本を一冊買って下宿に帰り、寝床で横になって朝までに読み切るのが日課だった。

今でも読むのはほとんど文庫本で、マンガの原稿があがったら新刊・古本を何冊か買いこんで横になって読む。文庫本は手が疲れなくていい。だから、自分の本が文庫本になるのはとてもうれしい。

本書は「酒の友めしの友」と、その二年後に上梓した「なんちゃぁない話」より巻頭のマンガ「ああ、これで会社を辞められる」とロングインタビュー「なぜボクは四十一歳でデビューしたのか」を加え、おまけとして大学時代の習作「桑港子守唄」とデビュー作「山本耳かき店（二〇〇四年三月・ビッグコミックオリジナル掲載）」を付けたものです。

ロングインタビューは早稲田大学漫画研究会の先輩でボクが入学した時の幹事長・堀井憲一郎さん（現・コラムニスト）が、漫研の同人誌「早稲田漫」掲載用に取材してまとめてくれたものです。インタビューされたのが二〇〇九年の二月。あれから、もう十年経ったのか⁈　ボクは今も月に二作「深夜食堂」を描いていて、二〇一九年八月に連載三〇〇回を超えました。

安倍夜郎

二〇一九年十一月

【初出一覧】

マイ・フレンド／マイ・フレンド　酒の友めしの友／○○の女　――「酒の友めしの友」（二〇一四年四月・小社刊）所収

ああ、これで会社をやめられる／なぜボクは四十一歳でデビューしたのか　――「なんちゃぁない話」（二〇一六年二月・小社刊）所収

山本耳かき店　第1話　――「山本耳かき店」（二〇一〇年七月・小学館刊）所収

桑港子守唄　――「早稲田漫」掲載

JASRAC　出　1402423-401

安倍夜郎
単行本の
お知らせ

「深夜食堂」の作者が送る
漫画＋雑文集!

なんちゃあない話

安倍夜郎

「なんちゃぁない話」とは、幡多《はた》弁で「なんてことない話」という意味です。

特別収録

◎描きおろし漫画「ああ、これで会社を辞められる」

◎ロングインタビュー
「なぜボクは四十一歳でデビューしたのか」

実業之日本社・刊
定価 本体800円 +税

好評発売中!

『深夜食堂』へとつながる安倍夜郎の〝原点〟——

オーダーメイドの贅沢である

おとーさん!
ハハハ…

昭和40年代。高知県中村。
不器用な父とボクが
共に過ごした昭和の日々が
じんわりと胸に迫る——

安倍夜郎、万感の自伝的作品
[生まれたときから下手くそ] 全2巻

耳かきをめぐる
ひそやかな恍惚。
静謐で妖艶な
人間ドラマ――

いらっしゃいませ。

安倍夜郎の受賞作にしてデビュー作

［山本耳かき店］全1巻

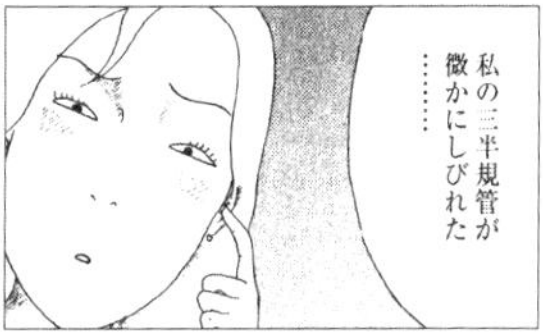
私の三半規管が微かにしびれた……

どちらも好評発売中。

発行：小学館

文日実
庫本業 あ21 1
社之

酒《さけ》の友《とも》　めしの友《とも》

2019年12月15日　初版第１刷発行

著　者　安倍夜郎《あべやろう》

発行者　岩野裕一
発行所　株式会社実業之日本社
〒107-0062　東京都港区南青山5-4-30
CoSTUME NATIONAL Aoyama Complex 2F
電話［編集］03(6809)0473［販売］03(6809)0495
ホームページ　https://www.j-n.co.jp/
印刷所　大日本印刷株式会社
製本所　大日本印刷株式会社

フォーマットデザイン　鈴木正道（Suzuki Design）

＊本書の一部あるいは全部を無断で複写・複製（コピー、スキャン、デジタル化等）・転載することは、法律で認められた場合を除き、禁じられています。
また、購入者以外の第三者による本書のいかなる電子複製も一切認められておりません。
＊落丁・乱丁（ページ順序の間違いや抜け落ち）の場合は、ご面倒でも購入された書店名を明記して、小社販売部あてにお送りください。送料小社負担でお取り替えいたします。
ただし、古書店等で購入したものについてはお取り替えできません。
＊定価はカバーに表示してあります。
＊小社のプライバシーポリシー（個人情報の取り扱い）は上記ホームページをご覧ください。

©Yaro Abe 2019　Printed in Japan
ISBN978-4-408-55550-8（第二漫画）